블러드 레인

블러드 레인 3

민 글
백승훈 그림

부웅
!

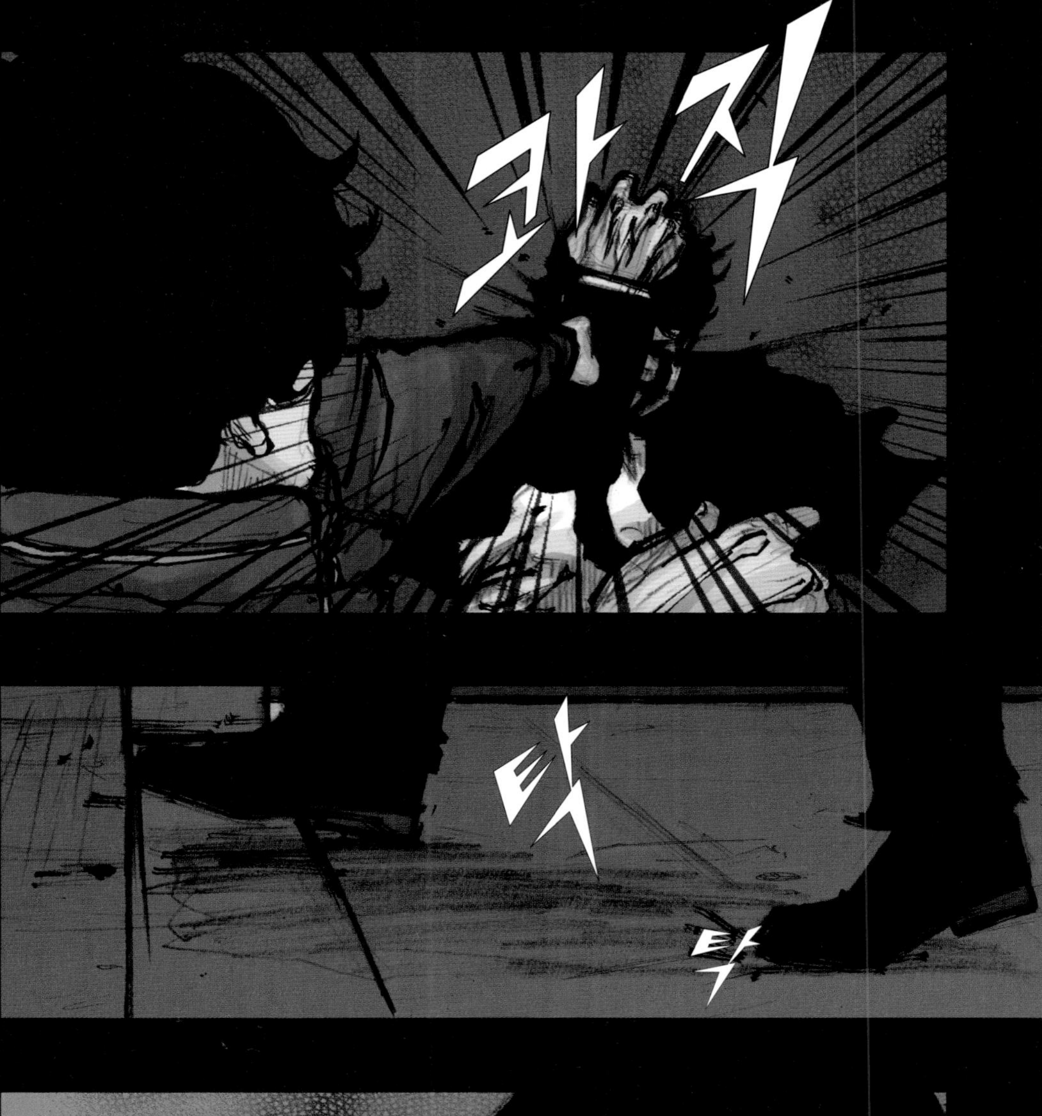
콰직
탁
탁

뭐 이런 힘이…

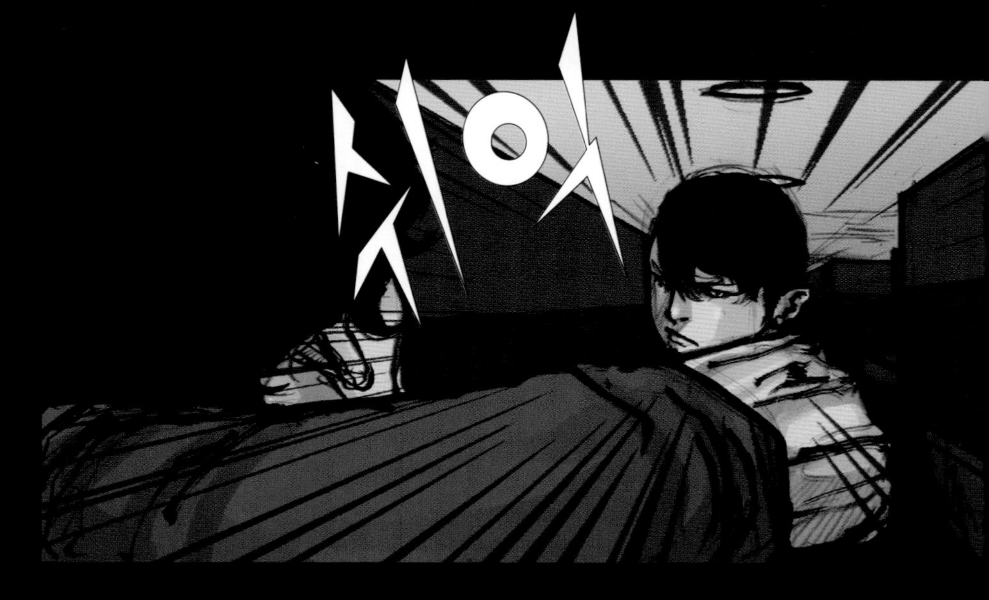

부웅

부웅
그래도 센스는 있는 놈이구나.
거만할 만해.

하지만 오늘 상대를
잘못 골랐다.

내가 이렇게 밀리는
상대가 있었던가…?

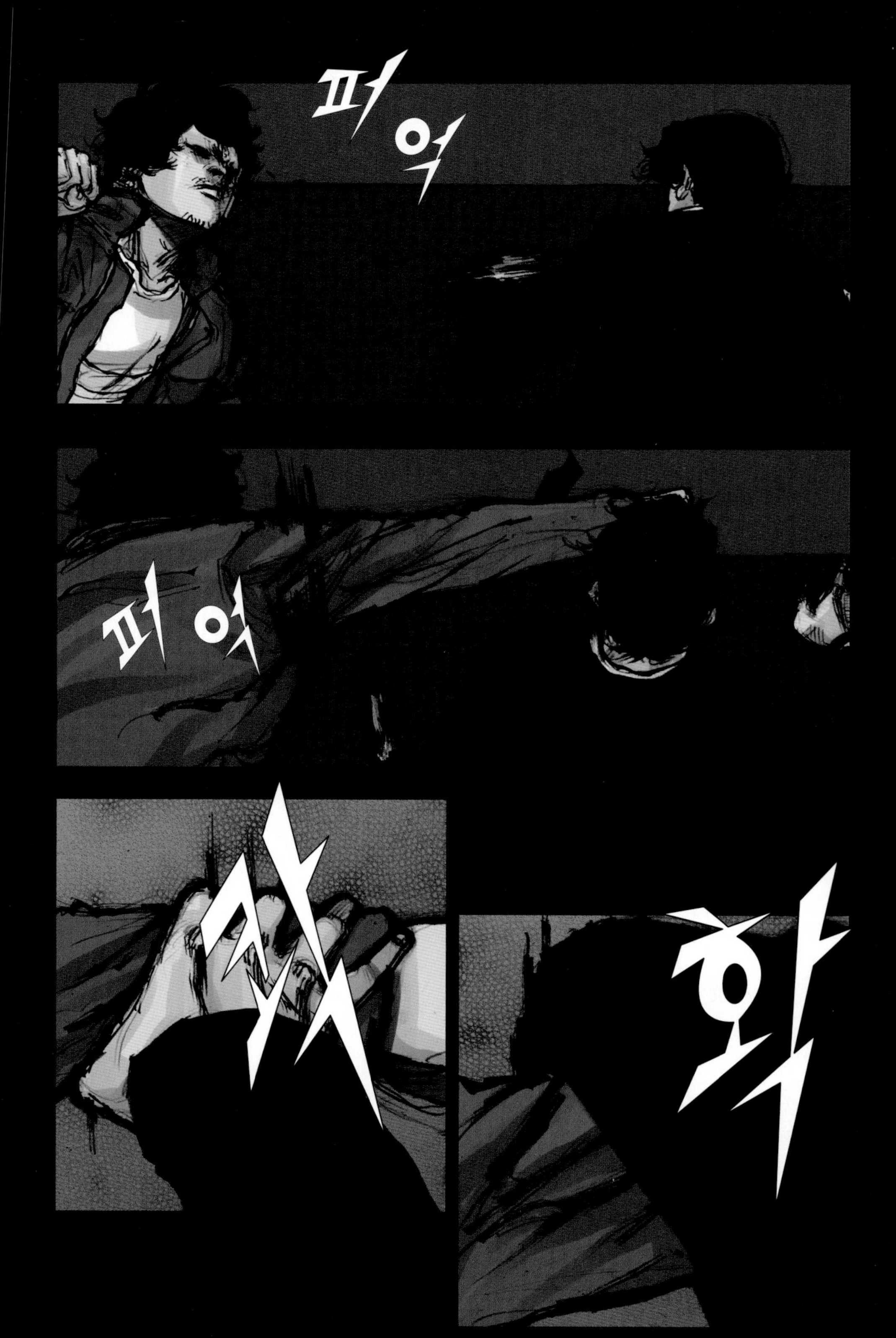
퍼억
퍼억
확

어림없다!
부웅

쿵
콰직

퍼억
콱

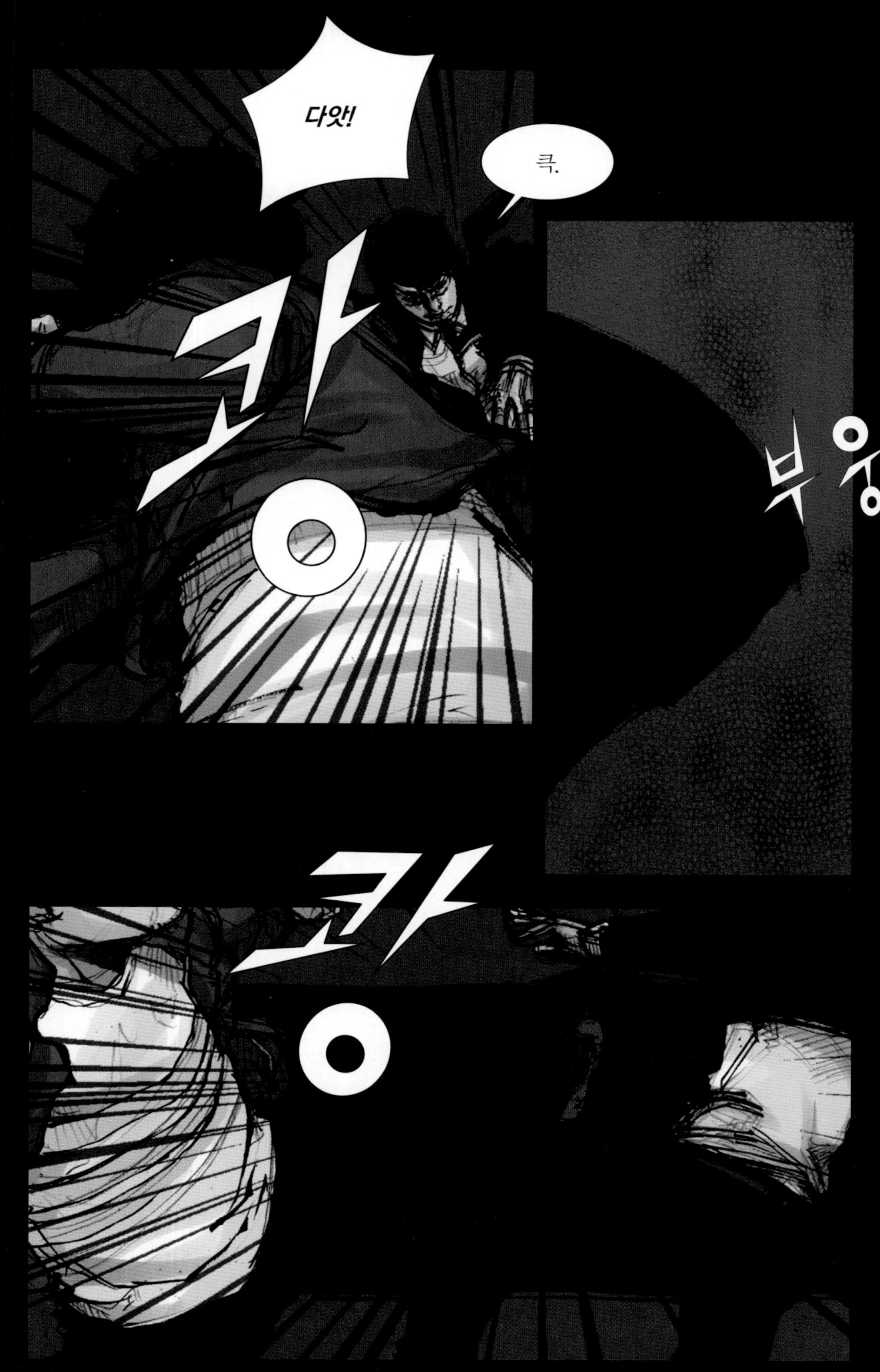
다앗!
큭.
콰앙
부웅
콰앙

호오. 끈질긴 놈이로군.
분명 내가 계속 유리한 싸움을 했는데 제압하지 못하고 있다니. 재미있는 놈이잖아?
내가 한 대도 때리지 못했다. 하지만 아직 진 건 아니야.

어?

저건 또 무슨 싸움이야?
저기 저 친구가 황일철입니다. 이사님은 얼굴을 모르시겠지만 이름은 들어봤을 거라고 생각합니다.
황일철. 그렇군요. 이름은 들어봤습니다.
싸움 말려야겠습니다. 같은 편끼리 저래서야.

잠시만요.
예?
조금만 더 두고 봅시다.

예?

혁이가 처음으로 만난
진짜니까요.
처음으로 만난…?
무슨 말입니까?

황일철이 혁이가 가지고 있는
한계를 조금 더 높여줄 겁니다.
그 모습을 보고 싶은 겁니다.

쾅
콱

정통으로 들어갔다. 끝났어.

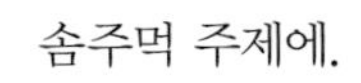
솜주먹 주제에.

이놈이 끝까지!

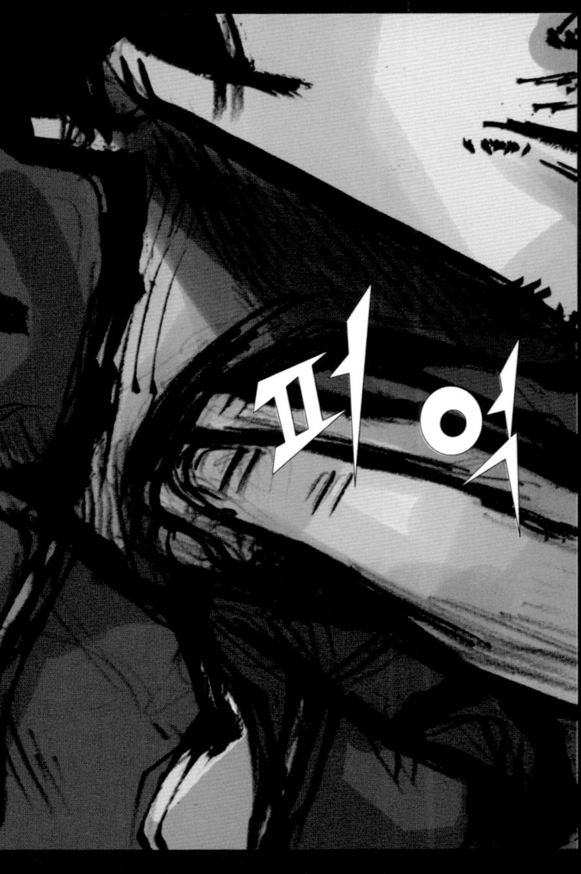
퍼억

컥!

몸이 열렸다!
쉬익

쾅

빗맞았나?

…
이제 그만 말려야…
지금부터입니다.
예?
자존심에 상처가 갔으니
이제 황일철도 아이 다루듯
싸우지는 않을 겁니다.

허허허.
이사님이 꽤
좋은 놈을 고르셨군.

그런데 아직 내가
너한테 지고 싶지는 않다.

으아앗!

부웅

쉬익

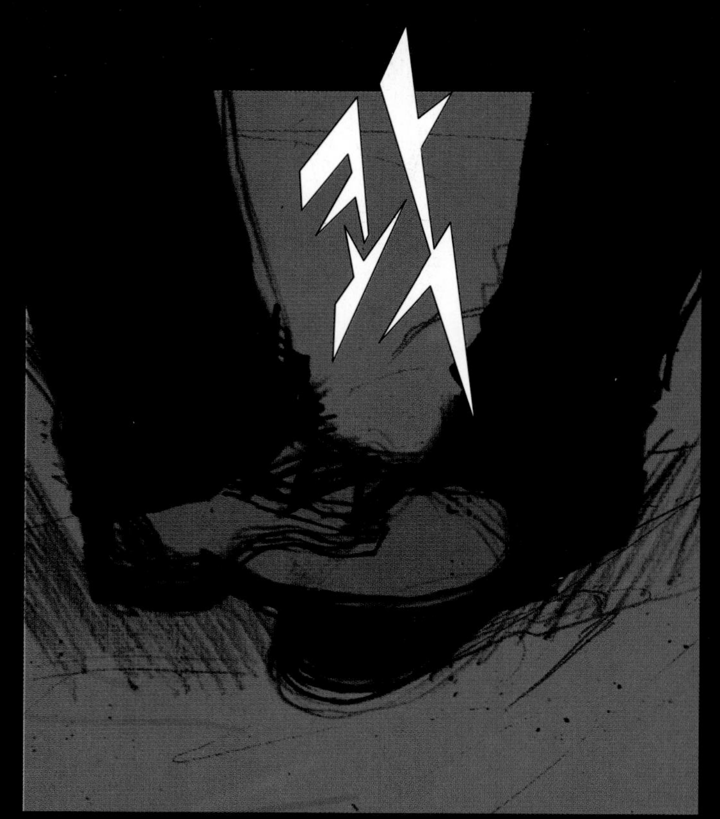

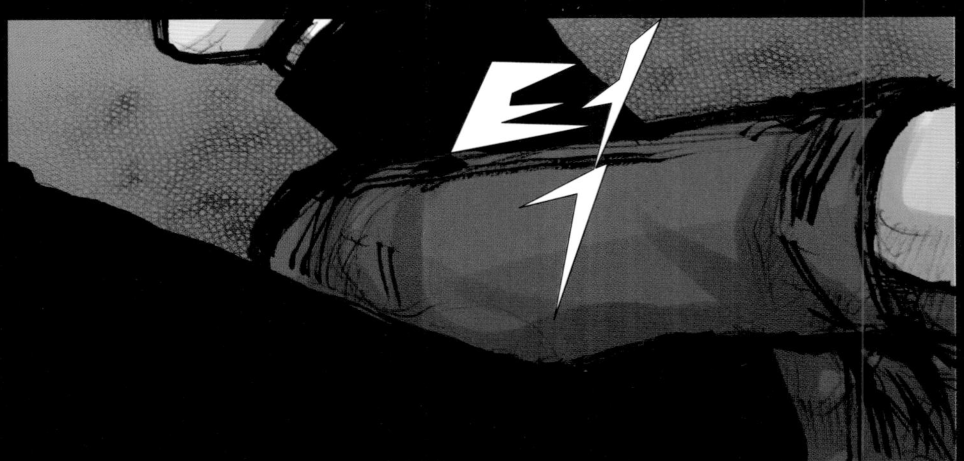
턱

이사님.
여기까지 하시죠.
이… 이사님.
화… 황일철이 이사님을 뵙습니다.
조폭 새끼들.
하는 짓거리 하고는…

저흰 동해파
하부조직이라 이사님을 직접
모실 기회가 없었습니다.
그저 동해파
지원 나갈 때 멀리서 지켜보고
존경심만 가지고 있었습니다.
존경심이라니 부끄럽네요.
조폭들이 존경심이라…
웃기는 종자들이야.

어쨌든 황일철 같은
걸출한 인물을 만났으니
천군만마를 얻은 듯해요.
오늘 저녁에 에이스에서
신 동해파를 공식 출범시킵니다.

좋군요. 그때 봅시다.

혁아.
예?

따라와라.

뭐가 불만이야?
표정이 왜 그래?
아니, 뭐…
왜 말렸을까…
생각 좀 했습니다.
왜? 가만 내버려뒀으면
네가 이겼을 텐데… 싫은 거야?
그 정도 바보는
아닙니다.
호오.
한 대 들어간 것 가지고
우쭐할 생각도 없고.
제대로 들어간 것도 아니고.
거참.
아무래도 내가 널
잘못 본 것 같다.

예?
내가 생각한 것보다 더 나은 녀석이야.

갑자기 무슨 칭찬입니까?

복기가 된다는 것 말이다. 보통은 그저 씩씩대기만 하지 왜 싸움이 그렇게 흘러갔는지 모르거든. 하지만 넌 복기를 하고 단점을 찾아내니 빨리 발전할 수 있을 거다.

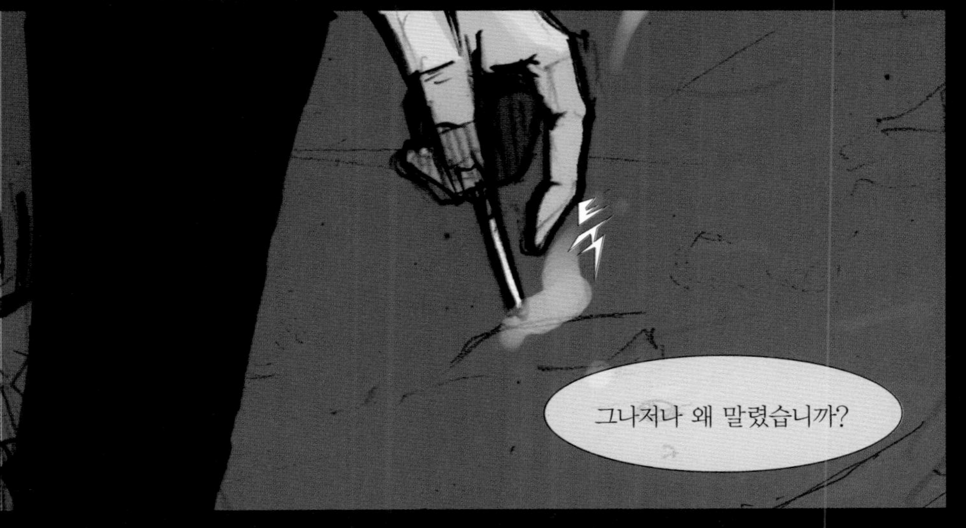
툭
그나저나 왜 말렸습니까?

황일철의 눈에 살기.
살기?
네 싸움엔 살기가 없다. 가끔 싸움이 치열하고 처절하긴 하지만 한계에 부딪혀 넘어서지 못하는 뭔가가 있지.
쳇.
아직 너는 전국구가 몸에서 뿜어내는 살기를 견디지 못한다. 하지만 넘어서야 할 거다. 그렇지 못하면…

넌 죽

게임장

모두들 잘 따라주었습니다.
예상보다 빨리 영업장을 넓혔습니다.
지금부터는 기반을 다지려 합니다.

마작회는 상인들에게 회비를 걷고
도박장을 운영하며 자금을 거둬들였지만
이제 그런 일은 없어야 합니다.
그럼… 우린 어떻게…?
이름이?
진래입니다.

여기를 맡아서 운영해.
그리고 그걸 자금으로 삼아.
이 알짜를 그냥 마작회에 넘기겠다? 복속했다고 하지만 마작회는 언제든지 분리해 나갈 수 있는 단체니까 오히려 마작회의 힘을 키워주는 꼴이 된다. 최악이야.
틀림없이 내부 반발을 불러올 것이다.

이사님의 뜻이 그러하다면
뜻에 따르겠습니다.
마찬가지입니다.
절대적인 신뢰인 건가,
멍청이들인 건가?
자, 그럼. 동해파의 뒤를 이어…

'동해의 일출'을
공식적으로 출범합니다.

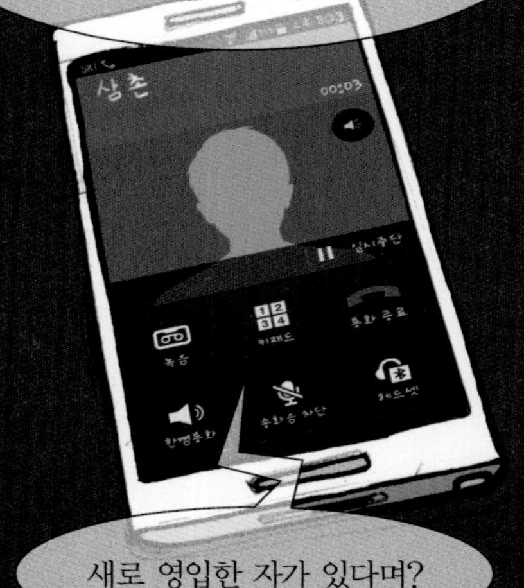
김민규가 동해의 일출을
출범시키고 세력을 다지고 있습니다.
내실을 다질 때까지 당분간
움직이지 않을 것 같습니다.
삼촌
새로 영입한 자가 있다며?

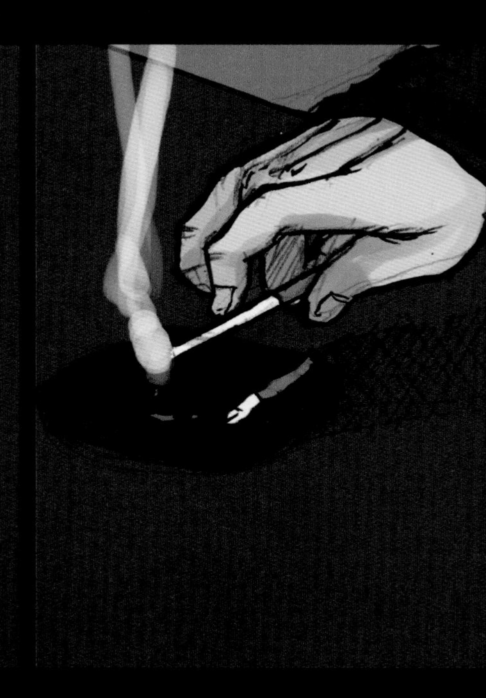

황일철이라는 자인데
과거 동해파의 하부조직에
있었다고 합니다.
황일철. 우리가 파악하고
있는 인물이다.
실력은 전국구지만 애초에
속해 있던 그룹이 소규모여서
평가절하된 면이 있지.

라인클럽으로 진격하는 데는
시간이 조금 걸릴 것 같습니다.

꼭 그렇지는 않을 거야.
왕리멍도 사태를 파악하고 있으니까.
예?

까오슝객잔 문을 닫고
에이스까지 뺏기면서도
조용한 게 이상하지 않아?
김민규가 더 커지기 전에
왕리멍의 움직임이 있을 거다.
충돌은 피할 수가 없어.
마음의 준비를 하는 게 좋을 거야.
…
특히 왕리멍의 수하에
저우량이라고 있는데
이 친구가 괴물이야.

괴물이요?
음. 자네는 상대하기 힘들 테니
김민규나 황일철한테 맡기도록 해.
그렇군요. 알겠습니다.

나한텐 힘들 거다…?
내게는 살기가 없다…?

전부… 죽여버리겠다!

전부 죽여버리겠다!

전부…
전부 죽여버리겠다!

쓸어버리자! 혁아.

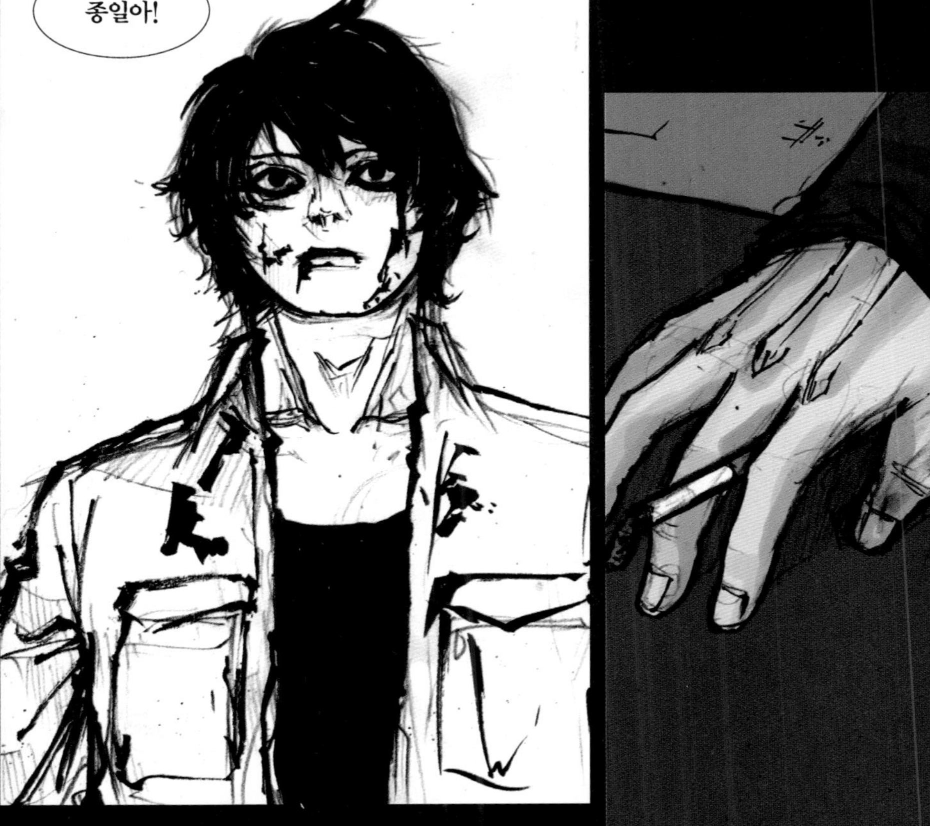
종일아!

재밌는데?
태진아!

가자.

자식들. 그럴 줄 알았다.
나 빼고 지들끼리만 논다니까?

살기…?
넌 아무것도 몰라, 김민규.
난 그 지옥 속에 다시 들어갈 수 없다.

널 감옥에 처넣고
난 지옥에서 벗어날 거다.
그런 후…
모두 모여 축하할 거야.
우리 셋 모두 모여서…

LInE

여기.

왜 이렇게 적어요?
요즘 단속이 심해서 가격이 올랐어요.

걸그룹 멤버 지니
또요? 거짓말. 나 중독시켜놓고 일부러 계속 가격 올리는 거잖아요.
왜 이러실까? 이거 신뢰 없으면 거래 계속 못 합니다. 못 믿겠으면 딴 데 알아보시든가.

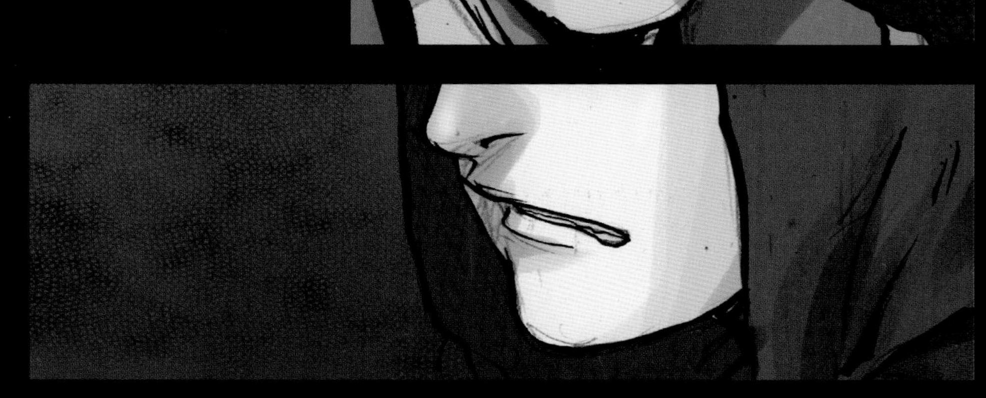

탁
병신 같은 년.
탁

얘기 좀 하지.

당분간 거래하지 말라고
지시 내렸던 것 같은데?
내놓지 않으면
경찰에 신고할 거라고
하도 난동을 부려서.
그래서 약을 팔았군.
평소에 제법 뒤로 빼돌려놨었나 봐.
그… 그게…

꾸욱
끅…!
띠리리리
예, 형님.
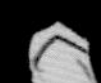

저우량. 상대가
기반을 다진 후에 치면 늦겠지?
물론입니다.
그래. 인천 원정 준비해라.
예. 형님.

손님들도 단순히 사장이
바뀐 걸로만 인식하고 있습니다.
매출도 괜찮습니다.
예, 이사님.
예. 하노이파가 사무실로 쓰던 건물은
그대로 쓰지만 사채와 동남아 아가씨들
마사지 업소에 넣는 브로커는 정리했습니다.

새로운 사업 모델이
필요한데요, 이사님.
생각해봅시다.
수고하세요.
씨익

계속 여기 있는 거예요?
돌아다니면서 관리합니다.
조금 있다 다른 곳에 가봐야죠.

근데 과장님 이사 되었다면서요?
사장님보다 원래 더 높다면서요?
어쩌다 보니…
하하. 새 영업과장은
일 잘해요?
전에 말했잖아요.
노잼이라니까요?
그 녀석 참.
미인들을 앞에 두고…

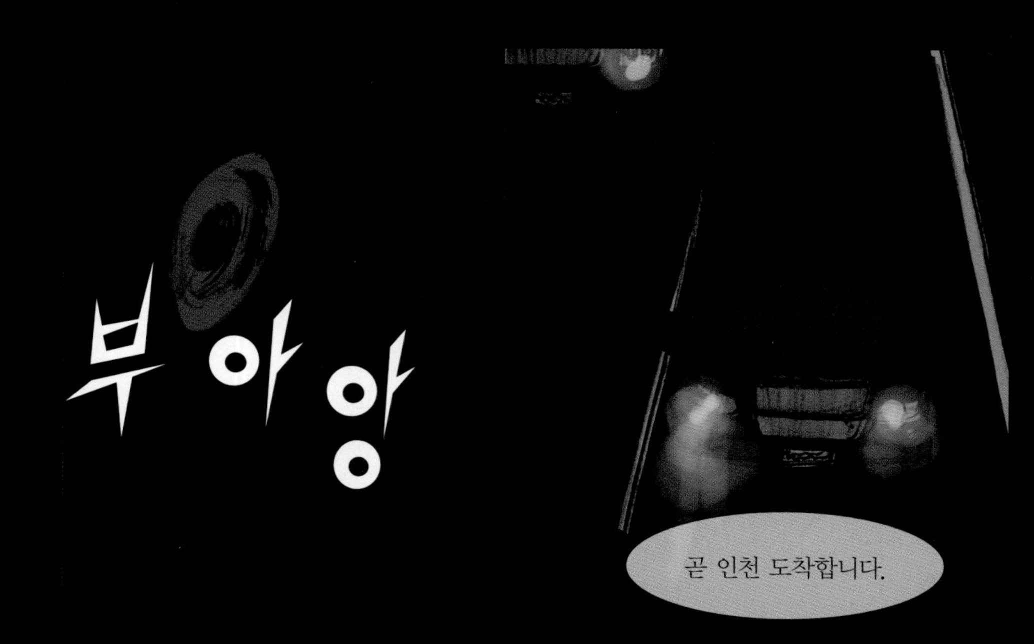
부아앙
곧 인천 도착합니다.

부아앙

현장 지휘권은 모두 자네에게 맡기도록 하지.
최초 목표는 형님이 정해주십시오.

에이스로 하지.
거긴 일종의 거점 같은 곳이니까.

알겠습니다.

연결해.

삑

예.

말씀하십시오.

대기 중입니다.

3, 4조는 나와 함께 에이스를 친다.

1조는 루나, 2조는 하노이파가 쓰던 사무실 앞에 대기하고 있다가 차후 각각 3조 4조와 합류해 동시에 밀고 들어간다.

여어! 과장 되니까
기분이 어때?
확
월급도 똑같은데 무슨…
별 감흥 없습니다.
띠리리리
자식. 쌀쌀하긴.

여보세요?
적풍에서 움직였어. 대규모 기습이 있을 거니까 자넨 목숨 보존 잘하게.
대출 안 해요.
스팸이야? 그럼 수고해.
여기 다음엔 어디로 갑니까?
에이스. 나중에 봐.

교환
뭐야?

뭐야? 이 미친 새…
부웅
쾅

하노이파가 쓰던 건물 앞입니다.
와보니 우리끼리 밀어도 될 것 같습니다.
명령만 내려주십시오.
허락한다.
감사합니다.

진입해라.
철컥
씨익

누구냐?
이건 뭐야? 겨우 한 명이야?
다시 묻겠다. 누구냐?

쓸어.
예!
이건 뭐야?

쾅

뭐하고 서 있나?
공격을 왔으면 부숴야지.
으아앗!

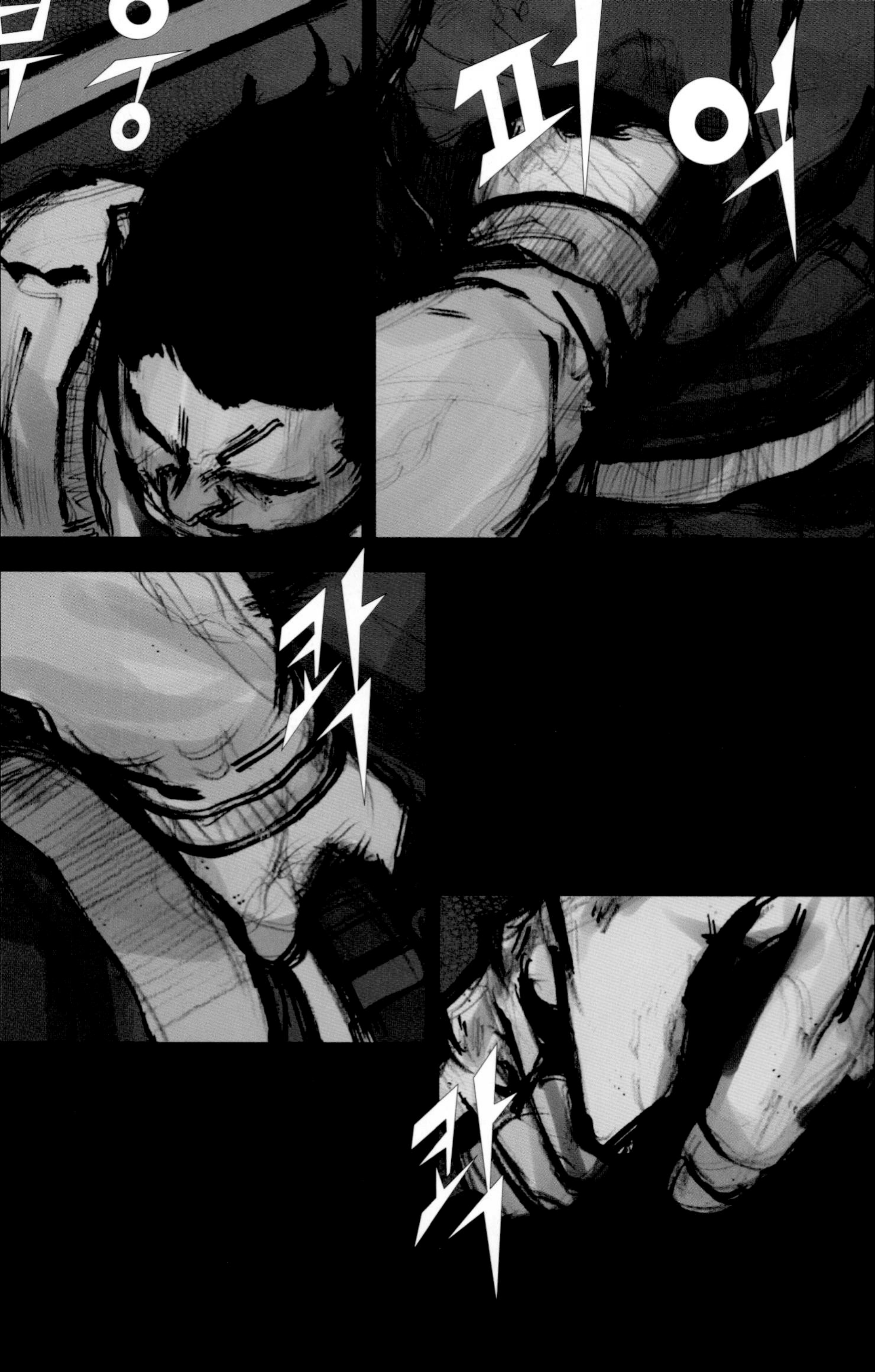
웅
퍼억

으아앗. 내려! 내려!
으라아!
부웅

와장창
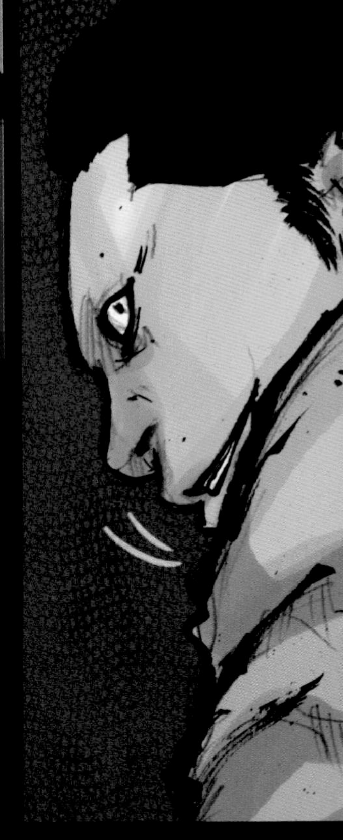

에이스는 접수가 끝났고
하노이파 사무실은 곧 접수될 테니
곧바로 루나를 치는 게 좋겠습니다.

부아앙

루나 포위는 완료되었나?
예. 1조 모두 도착해서 명령만 기다리고 있습니다. 에이스를 접수한 3, 4조 중 4조는 루나로 이동 중입니다.
루나로.

이사님!
이사?

거물급인가 본데?
저렇게 비리비리한 게?

이리 와. 죽이진 않을게.
얌전히 묶여 있으면 돼. 만약!

허튼짓하면 이거 깬다.

그렇지, 말은 잘 듣네.
저벅
표정이 맘에 안 들어. 너무 당당해.
…
끓어.
스스

이게 귓구멍이 막…
콱
꺽-
비틀
응? 방금 무슨 일이…?
턱

팟
콰직

뭐야?
콰
앙
쿵

모두 박살내주마.

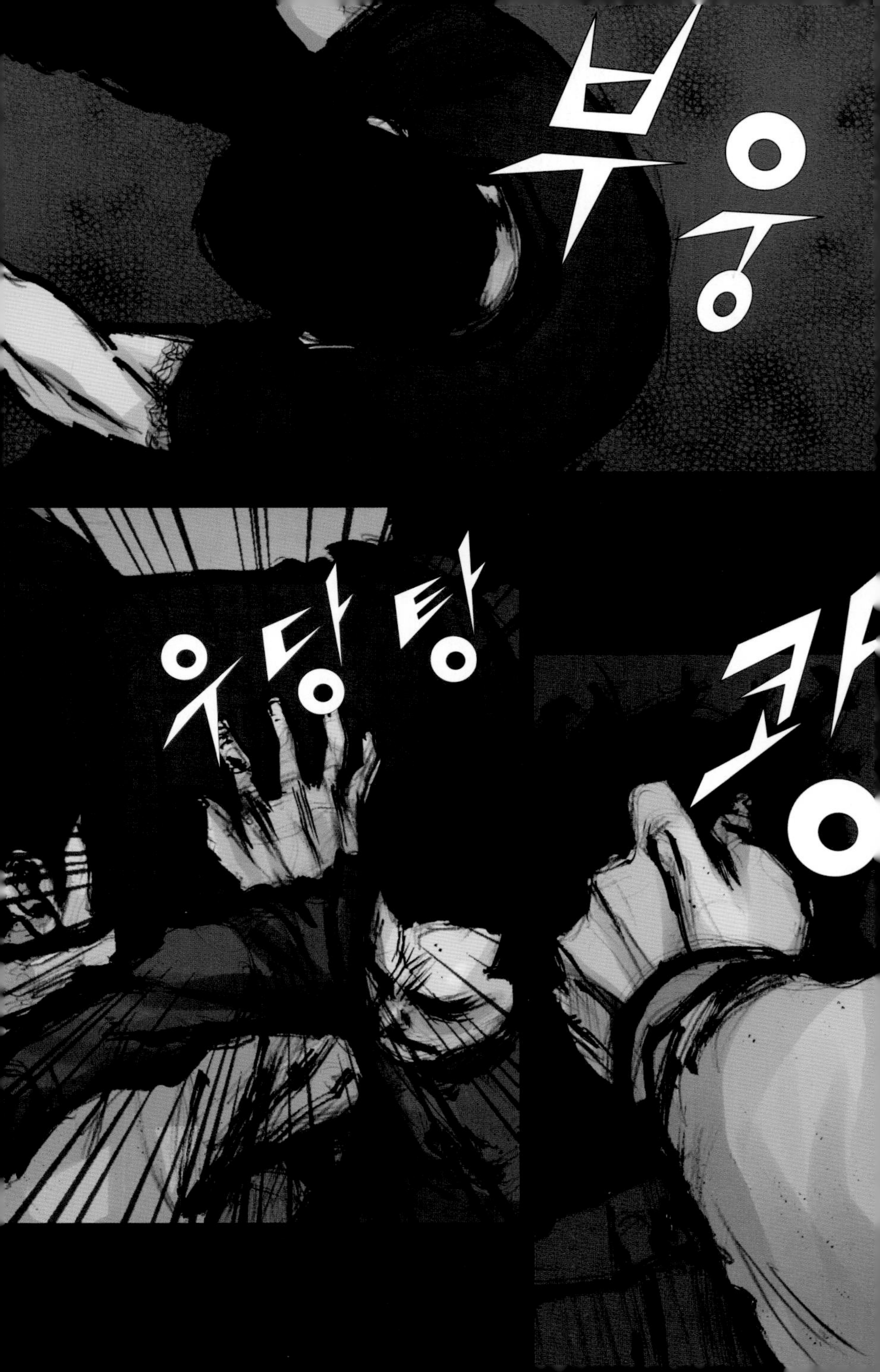
부웅
우당탕
콰

끄으…
와장창!
칵직

모두 물러서. 이놈 장난이 아냐. 빨리 지원 요청해.
지원? 어디서 작당을 하고 몰려왔구나.

오냐. 다 불러라.
내가 다 없애주마.
형님. 2조가
지원 요청했습니다.
…

세워.
끼익
4조와 1조가 합류하면
곧바로 루나 넘기라고 전달해.
우리는 2조로 옮긴다.

콰앙

쉬익

콰 직

턱
콰직
가까이 오면
죽인다.

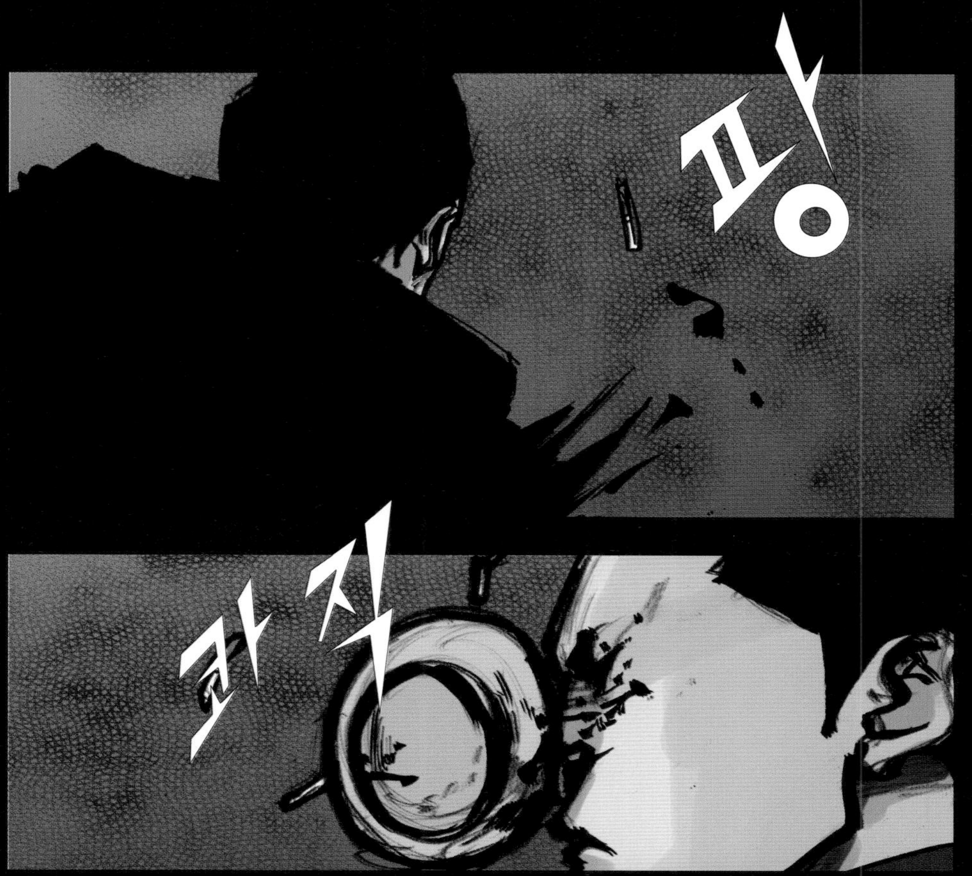
핑
콰직

큭.
비틀

콰앙

음.
합류하는 즉시 공격하라는
명령을 전달받았습니다.
적풍회 서울지부
제2조장 한수대

들었다. 4조는 둘로 나눠
후문을 막고 선봉대는 그대로
부수고 들어간다.
끼익
척

LUNA
뜻밖의 정면충돌이 되었군.
저벅

하긴 저런 놈들을 상대로
기습하는 건 우리 꼴만 우습지.
저벅
툭
뭐라고 중얼거려?
저벅
우리 가게 여러 번 깨져서
또 수리하기가 귀찮아.
그러니까 곱게 꺼져주면 좋겠어.

용기와 만용은
구분하는 게 좋겠군.
감히 어딜 기어 나와서…
확
빡

빡
빡

콰직

감히 어딜 기어 들어와?

쳐!

다다다
으라아아아아아!!

다다다

와장창

철컥

콰직
쯔윽
으라아!!
부웅

끼익
겨우 네가 지원이냐?

혼자였군. 인정해주마.
싸우느라 힘들었을 텐데
숨 좀 골라.

휴식을 주는 건가?
고마운데?
잠시 희망을 가져봐라.
충분히 쉬면 이길 수 있다는
희망 말이다.
…

그런 건 깨뜨려야
재밌으니까.

부웅

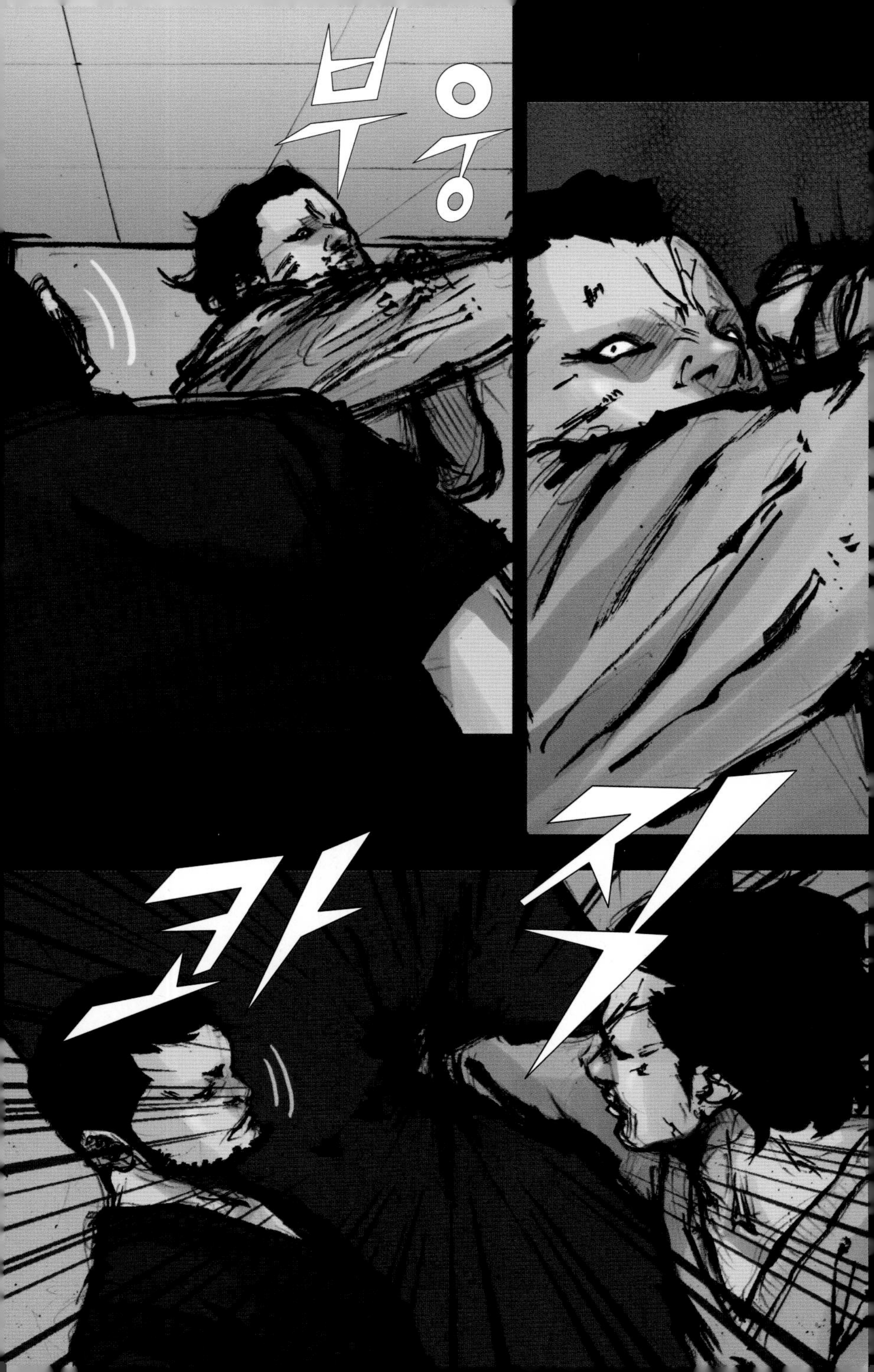
부웅
콰직

개자식이!
사람을 놀려!

진심으로 상대해주길 바라나?
난 이 나라의 전국구다.
전국구?
이자는 뭔가 달라.
몇 수만 나눠보면 알 수 있어.

한국의 인구는 5천만.
중국은 15억. 우리가 인재가
더 많은 건 당연한 것이지.
축구는 맨날 지던데?

빡

비틀
각도가 희한하게 나온다.
이거 적응하려면 시간 걸리겠는걸?
척

펑
칵직

쾅앙

우당탕

너무 쉽군.

이 녀석은 내 상대가 아니야.
여기서 목숨을 걸고 싸우는 게 맞을까?
만약 내가 잘못되면
이사님의 날개가 꺾이게 된다.
더럽지만 목숨을 부지한다.
이야아아!

!
부웅
쿵

이런.
콰직
다다다
나를 상대로 아직 저 정도 힘은 남아 있다라는 거군. 전국구라…

빵즈 주제에 나를 상대로 제법 잘 싸웠군.

이… 일단 후퇴해라.
힘을 모아 다시 친다.

여기도?

루나 쪽에선 기다리지 않고
기습 들어갔다가 후퇴했다고 합니다.
츳. 어리석은 놈들. 속히 가지.
모두들 재정비해서 모이라고 해.

뭐? 난 당신
형님으로 모실 생각 없어.

잘 들어! 지금 이상한 중국 놈이
그쪽으로 갈 거야. 그 녀석과는
절대 싸우지 마. 오직 이사님만
상대할 수 있어.

뭐라는 거야?
끼익

철컥
택시 타고 가고
있으니까 내가 도착할 때까지
문 걸어 잠그고 기다려!

아… 예. 예.

이 정도 인원으로 막아낸 건가?
빵즈들은 놀라운 데가 있어.
넌 뭐냐?

날뛰는 걸 봐야 하는 걸까?
오늘로 끝난다.
뭐?
오늘 죽을 테니까.

콱
끄윽…
큭!
꾸욱

턱

콰직

콰직
이런 빌어먹을!

콰직
콰직
콰직
부웅

으아앗!
다다다

커헉! 커헉!
콰앙

이야앗!
콰직
촤아악
콰직
!

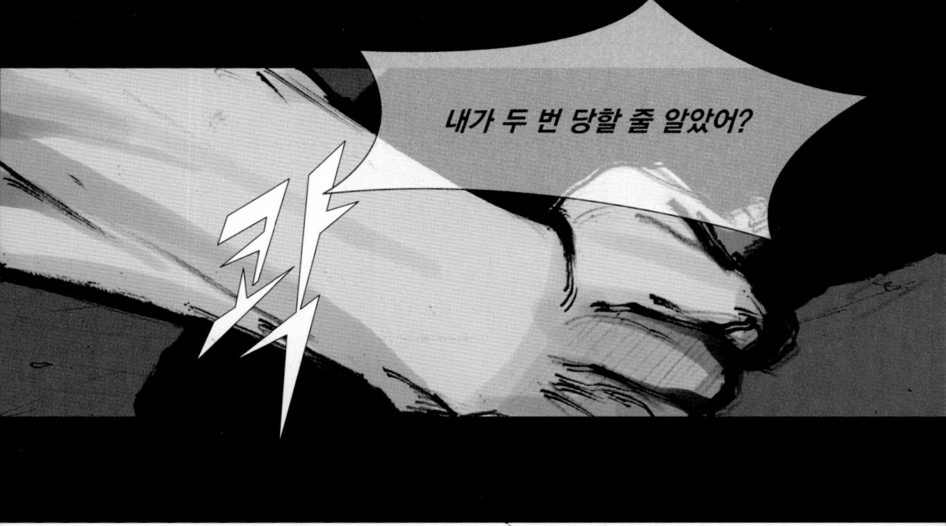
내가 두 번 당할 줄 알았어?
콱

쉬익
컥!
콰직

쿵
촤아악

척
쿨럭! 쿨럭!

2대 1인가?
이봐 동생. 위험하니까 물러서. 아무도 덤비지 마라. 덤비는 족족 죽을 테니까.
이사님이 올 때까지 버티는 건 오직 나만 할 수 있다. 너희는 모두 몸을 아껴라.

그래서 이사님이
이루어나갈 제국에
보탬이 되도록.
이거 미친놈 아냐? 혼자 희생해서
전력을 보존하겠다? 지금이
삼국시대도 아니고.
맷집으로라도
버틸 수 있는 건
나밖에 없다.
후우.

내 목적은 김민규의 세력을 넓혀
빨리 하루다와 두현파를 끌어내는 것.
일단 여기서 힘을 합쳐
눈앞에 있는 적을 없앤다.
와라!
그런 표정으로
기합을 넣는다고 해서
이기는 게 아니다.

콰직
콰직

콰직

부웅

턱
턱
나서지 말라니까!
헛소리!
같이 공격해!
나랑 싸울 때 모습은
어디 갔어?
파
삭
콰직

쾅

너처럼 약한 상대와
싸움을 많이 한 녀석은
싸울 때 버릇이 보이지.

이게…

꾹욱

동생!
콰앙

쿵
동생! 동생!

으아앗!
훗.
부웅
동생! 동생!
척
정신 차려!

날 공격하는 게 아니었나?
동생!
이거 눈물이라도
흘려야 하는 건가?

척
감히 내 동생을 이렇게 만들었겠다?

너도 그렇게 만들어주마.

개자식이!
콰 직
시

콱

끅!

콰앙

스르륵
꺽…

모기 두 마리가
사람을 공격해봤자 둘 다
손뼉 한 방에 죽는 거지.
커헉.
이사님이…
올 때까지 버텨야 하는데…
!

정신을 차린 건가?

끄윽
어서 도망가. 이놈은
내가 막을 테니 도망쳐서
목숨을 구해.
…

조폭 주제에
쓸데없는 동정은…
제발 동생. 저놈이랑 싸우면
여기서 죽어. 날 일으켜줘.
내가 막을 테니… 도망을…
동생!
거참!
탁

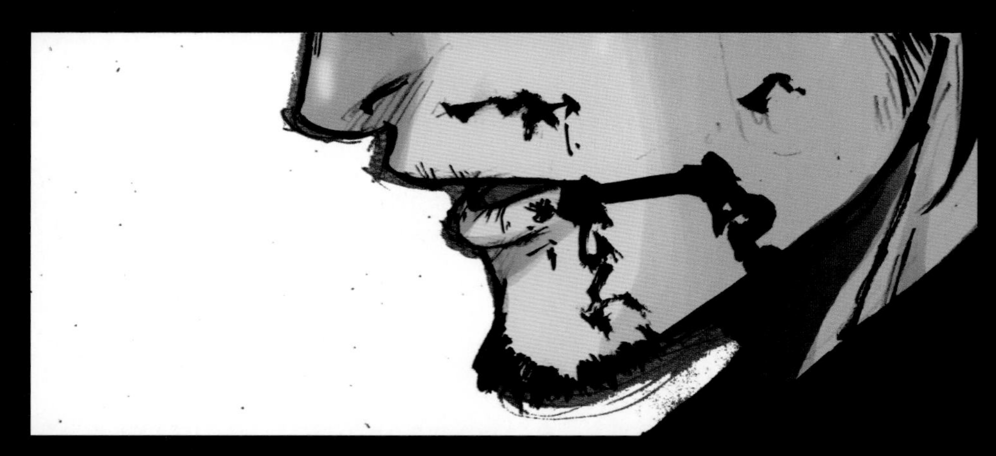

형님은 가만히 좀 계시오.
!
혀… 형님?

차라리 기절한 척
누워 있는 게 좋았다.
이런 기분
오랜만이군.
들어와라. 네 마음껏
기량을 펼쳐봐라.
누군가를 위해 싸우는 기분.

칙
쓰윽
비틀
쉬익

치
!
콰

8년 전

너 나한테 씨름 기술 좀 가르쳐줄 수 있어? 실전형으로.

실전? 위험한데 뭐하게?

길거리 싸움에서 제일 위험한 게 유도나 씨름이야. 가르쳐는 주는데 정말 위급하다 싶을 때만 써. 모래판이 아니라 콘크리트 바닥에 박아버리면 상대방 불구되니까.

알았어.

그리고 원래 고대 씨름이 뼈 부러뜨리고 관절 꺾고 그런 거라고 하더라고. 스포츠가 아니라 진짜 실전에서 쓰는 씨름 말이야.

그것보다 더 파괴적인 거지.

으라아앗!
촤아악

부웅

크읏
원 찬스!

넌 씨름하는 습관이 남아서
사람을 바닥에 동댕이치고 난 후엔
이겼다고 생각하는 것 같아.
동작이 딱 끊겨버려.
응?

우리 싸움은 룰이 없어.
바닥에 상대를 팽개치면
발로 머리를 차든가 못 일어나게
올라타서 주먹이나 팔꿈치로
얼굴을 찍어.
아… 이길 기회를
놓치지 말라는 건가?

맞아. 기회를 놓치면
다시 만들어야 하는데 그땐
상대방도 대비를 하거든.
원 찬스를 놓치면 안 돼.

이 기회를 놓치면
내가 당한다!

콰직
특
특

쾅
어머. 웬일이래?

지금 우리 뭐 보고
있는 거예요?
쾅

쾅

콰앙

…
콰앙
으아아앗!
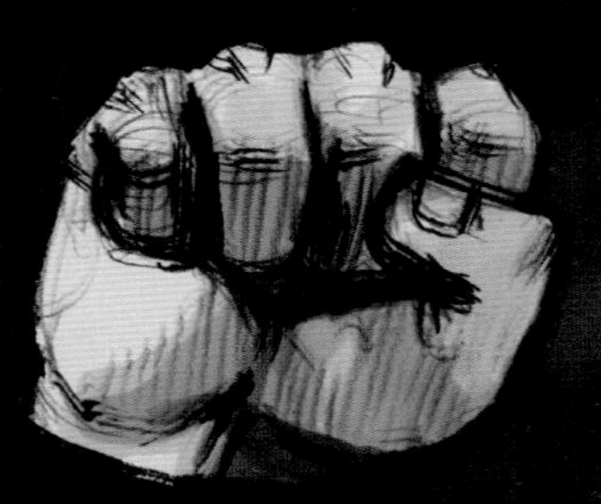
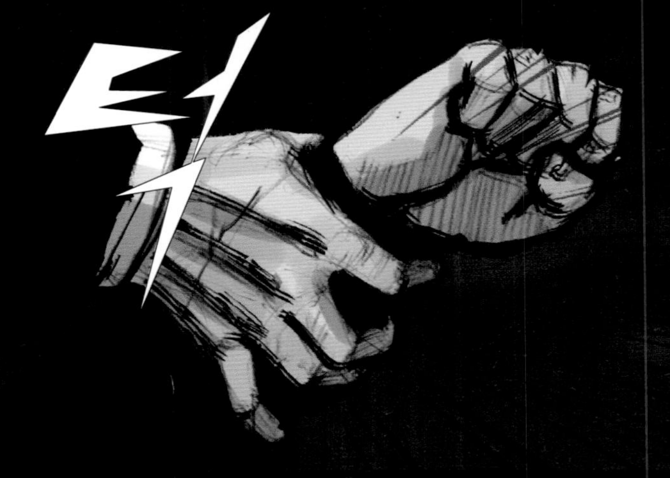
턱

사람 죽겠다. 그만해라.
하아… 하아…

내가… 이겼습니까?

그래.

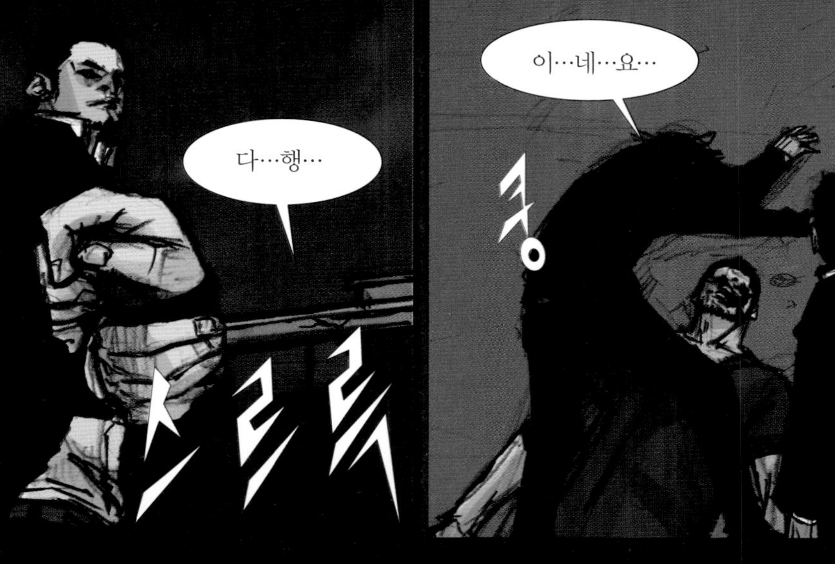
다…행…
스르륵
이…네…요…
쿵

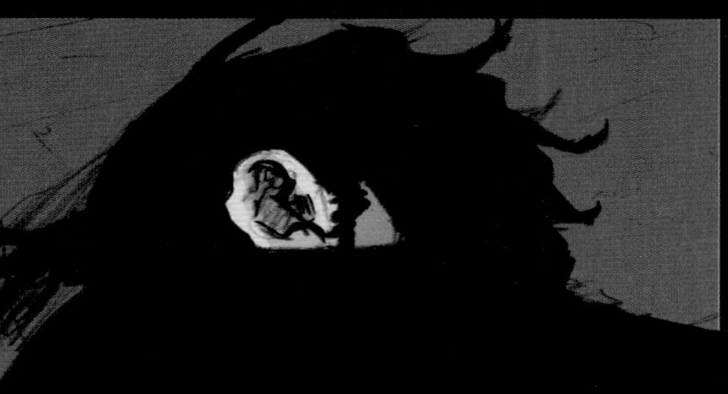

일어났어?
어떻게 된 겁니까?

저우량이라
중국 애인
창고에 가둬놨
기억이 끊겼다 이어졌다 해요.
마지막에 그놈 위에 올라탄 건 기억나는데
그 뒤로는 모르겠습니다.

그래. 눈이 뒤집힌 게
이성을 잃은 것 같긴 하더라.
거기 있었습니까?
응. 오는 길에 중국 애들
지원 세력이 모여 있기에 정리하고 온다고
조금 늦었거든. 도와줄까 하다가 그냥
지켜봤어. 깜짝 놀랐어.

그냥 도와주지.
뭐?
아닙니다. 뭐가
깜짝 놀랐다는 거예요?
너보다 강한
상대를 이겼잖아.
쳇. 이긴 게
중요한 거지.
맞아. 이기는 게
중요한 거지.
예?

강한 게 중요한 게 아니라
결국 싸움은 마지막 순간
이기는 게 중요한 거지.
그러다 보면 정말 강해지니까.
근데 유도는 언제 배웠어?
씨름입니다.
어릴 때 씨름 배운 친구랑
놀다가 배웠어요.
자식, 그런 걸 숨기고 있었다니.
그것만 해도 수싸움 거리가 많잖아.
넌 그 수들을 제대로 운영 못 하고 있어.
운영?
네가 가지고 있는
무기는 지금도 좋아.
주먹도 맞아보니 잘 때렸고.
그것들을 어떻게 운영하느냐인데
이건 역시 경험뿐이다.

그때 일부러 맞아줬다
그 이야기입니까?
그럼? 설마 내가
너한테 진짜로 맞았겠어?
...
그렇게 치면 나도
일부러 맞은 건데요?
그렇구나.
하긴 난 너 때릴 생각 없었는데
어찌나 느리게 피하는지
네 얼굴이 와서 맞더라고.
왜?
거 동생한테
한마디도 안 지고 진짜.
나보다 센 건 아는데 가끔 보면
재수 없는 거 알아요?
동생? 이제
동생 되기로 한 거냐?
탁
아, 그냥 나이 이야기 한 거예요.
친근감의 표시라고 오해할까 봐
말하는 건데요.

단순히 나이요.
나이. 이. 사. 님!
칙
칙
핫핫. 난 너 놀려먹는 게
왜 이렇게 재밌냐?
하! 참 나.
탁
어? 너 웃었다.
방금 굉장히 크게 웃었어.
역시 날 보면 친근함 때문에
막 웃음이 나지?
이건 헛웃음입니다.
조소, 냉소, 실소. 몰라요?
다다다
아니야. 너 폭소,
앙천광소. 그런 거야.

쾅
동생!
무사했구나!
...

참 나. 남자끼리 왜 이래요?
누가 보면 사귀는 줄 알겠네.
하하하하.
크핫핫. 무사해서
다행이야, 동생.

서양그룹

회장
김인범

!

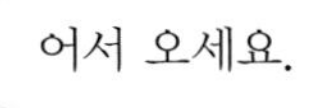
어서 오세요.

!

굳이 우린 만날 일이
없을 텐데 무슨 일입니까?
라인이 위태롭습니다.
저흰 매출의 20%를 상납하는 대신 두현파의
보호를 받기로 한 것으로 알고 있습니다.
도와주십시오, 회장님.
흐음. 그래요?

자세히 이야기해보시죠.
서울 안에서 일어난 일입니까?
그건…

비록 우리가
전국 제일이긴 하나 공식적으로
영향력을 끼치는 곳은
서울과 일산, 분당뿐입니다.

이곳에서 감히 두현파에
거역하는 자가 나타나면
오직 짓밟을 뿐입니다만…
응

그 외 지역에서 문제가
생긴 거라면 간섭하지 않는 것을
원칙으로 삼고 있습니다.

누가 지역의 왕이 되든
우리에게 충성할 것만 약속한다면야
상관없으니까요.
…
라인이 위태롭다는 건
라인이 공격받았다는 뜻입니까?
빌어먹을…
두현파는 허수아비처럼
돈만 받아먹는 줄 알았는데…
아니면…

라인에서 서울 밖으로 나갔다가
당했다는 뜻입니까?
모두 다 알고 있는 모양새가 아닌가?
적풍이 두현파 몰래
인천의 골목으로 나선 걸 알게 된다면…
그것이 마약과 관련된 사업 때문이라는 걸
알게 된다면 오히려 적풍이 위협을
당하게 된다.
왕리멍 사장님.

두현의 보호를 받는 대신에
적풍이 약속한 것이 있지요?
예.
마약, 인신매매,
장기밀매는 하지 않는다.
!
만약 이를 행하다 발각될 시
두현파의 법정에 세울 것이다.
기억하십니까?
알고 있는 게 분명하다.
모두 알고 있는 거야.

적풍이 임의로 외지로 진출한 것에 대해서는
아무 말도 하지 않겠습니다. 하지만.
만에 하나
두현이 금기하는 사업에
발을 담고 있다면…

대가를 치르게 됩니다. 아시지요?
...

아… 하하하하.
제가 별것도 아닌 일로
회장님을 찾아뵌 것 같습니다.
저희가 알아서 하겠습니다.
그럼…

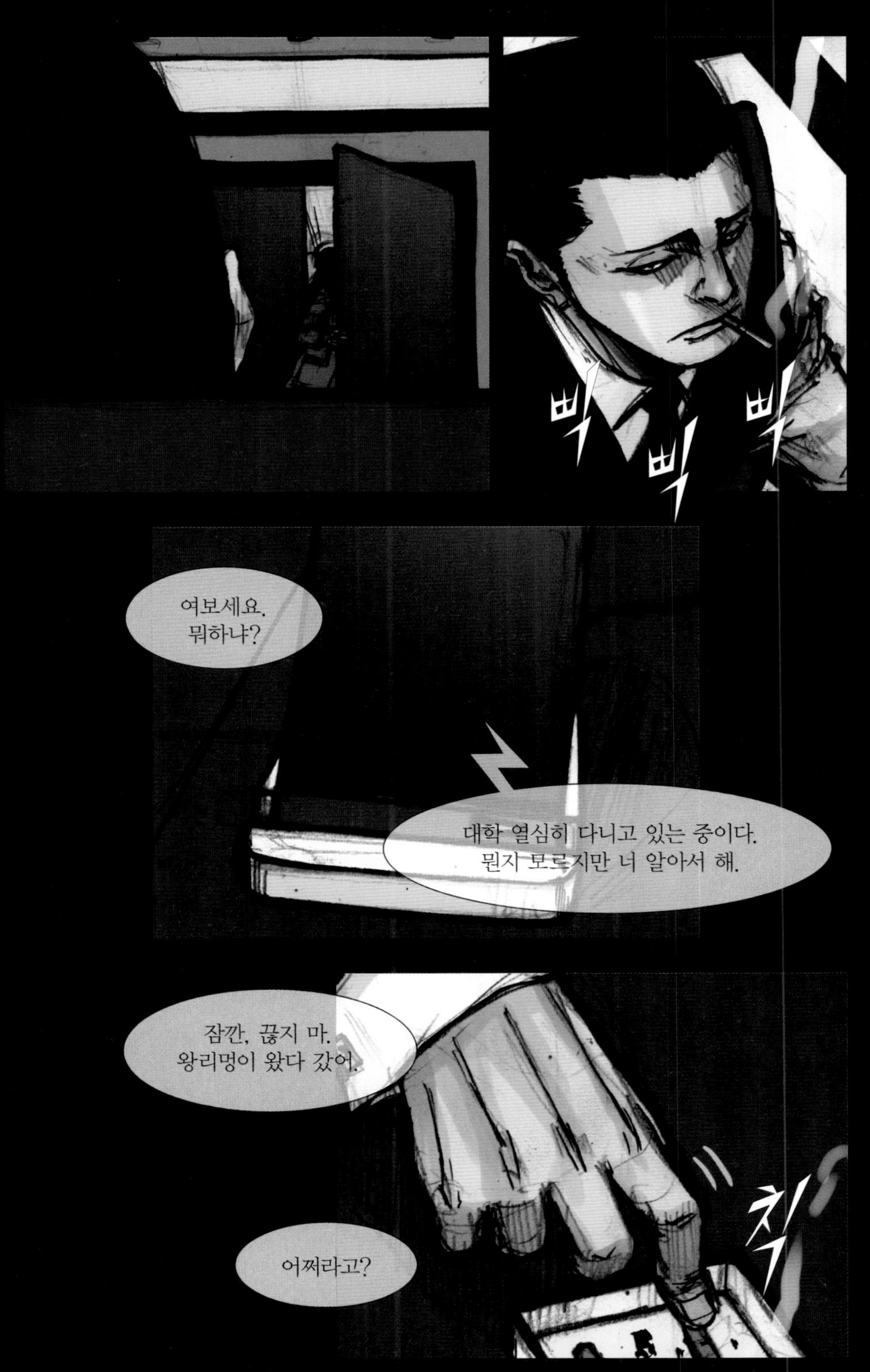
빡
빡
빡
여보세요.
뭐하냐?
대학 열심히 다니고 있는 중이다.
뭔지 모르지만 너 알아서 해.
잠깐, 끊지 마.
왕리멍이 왔다 갔어.
어쩌라고?
칙

일단 그냥 보내긴 했는데
라인이 다른 곳에 넘어갈 것 같아.
왕리멍 마약 거래
하고 있다며?
응. 그렇게
파악하고 있지.
그럼 경찰에 신고해.
라인에서 마약 거래하고
있다고.
그런 후엔?
왜 이러시나?
머리 좋은 친구가.
명예회장 예우할 필요 없다.
그냥 너 알아서 해.
칫. 알겠다.
진짜 나 알아서 한다?
내가 막 돈 빼돌리고 너 배신하고
그럴 거야. 걱정 안 되냐?
빡

…
하여튼 이정우…
삑
삑
삑
삑
종화 형님.
예, 회장님.
움직이셔야겠습니다.
준비해주십시오.
예.

검사님.

인천지검에서
팩스가 왔는데요.
주세요.

…

여보세요?
이거 뭐야?
어중이떠중이든
뭐든 전부 조사해서
자료 넘겨달라며?
김민규 패거리들이야?
응. 그리고 말이야.
응?
라인에 특별한 일 없지?

전에 네가 말했던 일은 없었어.
인천에서 공격 들어온다는 거.
라인에서
인천으로 들어왔어.
그래?
응. 차이나타운 중심으로
소문이 파다해.
그럼 왕리멍이
인천으로 진출한 거야?
진출 실패.
여기 있는 김민규
패거리들이 막아냈어.
그럼 어떻게 될 것 같아?
김민규가…
라인으로.

진격한다?
조만간 그쪽에 사건 터질 거야.
일망타진해보자고.
오케이. 그런데 말이야.
확인해야 할 게 있어.

금 과장과 황 전무의 몸이 괜찮다면
이번 기회에 단번에 라인으로 밀고 들어가
서울에 거점을 확보하는 게
좋을 것 같습니다.
전 아무 문제 없습니다.
이이제이 사업에서
바라던 바다. 당연히 찬성.
저우량은 어떻게 합니까?

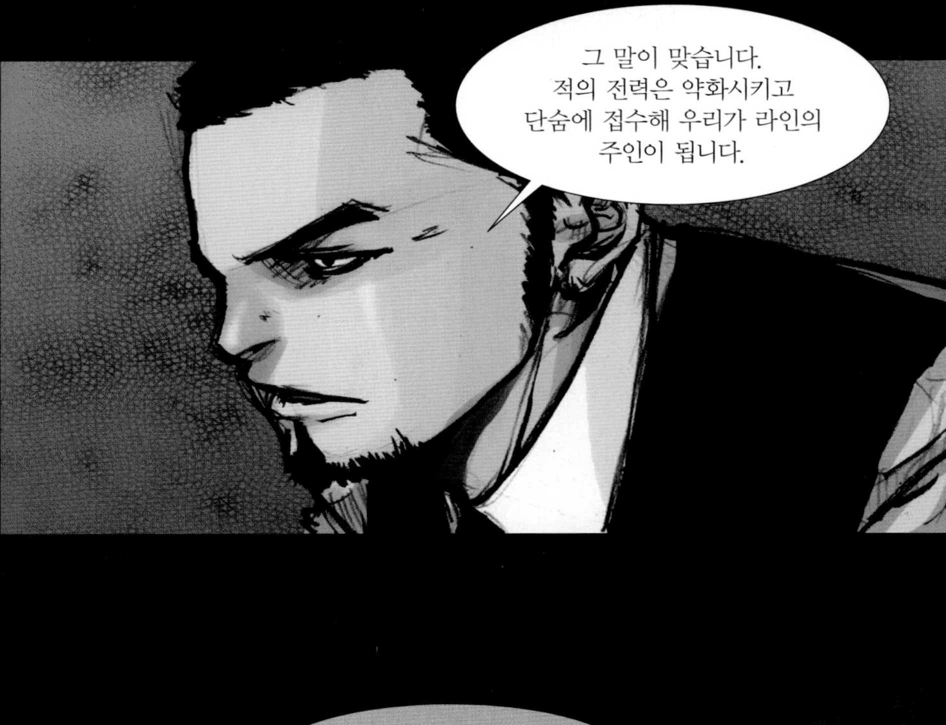

그 말이 맞습니다. 적의 전력은 약화시키고 단숨에 접수해 우리가 라인의 주인이 됩니다.

반장님. 내일 뵙겠습니다.

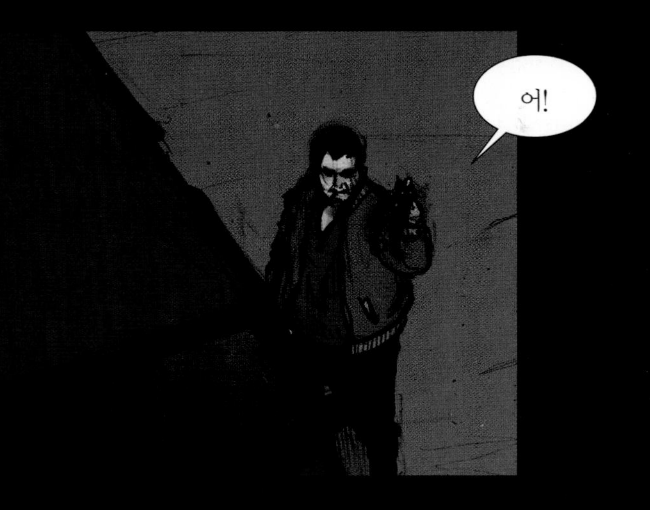

어!

스윽
거… 검사님?

대포집

안 드십니까?
내장 안 좋아해서요.

이런… 말씀을 하시지.
괜찮습니다. 그러니까 강혁이 지금 잠입수사 중이라는 거군요.
예. 자세한 이야기는 저보다는 직접 들으시는 게 좋겠습니다.

드륵
여깁니다.

하태호입니다.
이름과 전화번호밖에 없네요.
그게 진짜 회사 명함입니다. 국정원 어쩌고저쩌고 붙어 있는 건 가짜이거나 협력업체 직원일 가능성이 있지요.

국정원 요즘 급 많이 떨어졌던데 이런 일도 하나 보네요? 언더커버.
예. 뭐… 국내 파트가 좀 말썽이죠. 우리도 창피해하고 있습니다.
좋아요. 각설하고 조만간 인천지검과 합동으로 김민규를 중심으로 한 신동해파 검거에 들어가려 했습니다. 그런데 거기에 강혁이 있더라고요.
하지만 영화나 드라마에서 보는 직원들도 분명히 존재하죠. 그 친구들은 정말 열심히 뛰고 있습니다.
내가 알기론 경찰인 걸로 아는데요.

예. 우리 쪽으로 파견
나와서 사업 중입니다.

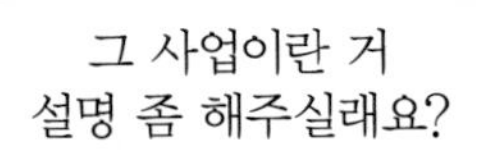
그 사업이란 거
설명 좀 해주실래요?

저우량이 끌고 왔던 인원들은
모두 성하지 못한 채 돌아간 데다
상대방이 주요 전력으로 생각하고 있는
저우량을 우리가 잡고 있으니 절대적으로
우리가 유리합니다.
먼저 내가
라인클럽과 접촉해서 명분을 쌓는다.
혁이는 나와 같이 간다.

알겠습니다.
라인에서 우리의 제안을 거절할 수밖에 없을 거야. 그때가 전쟁의 명분을 얻는 시간이다.

둘이서만 간다면 위험하지 않겠습니까? 이사님의 실력은 알고 있습니다만.

저우량의 신변을 우리가 잡고 있으니 섣불리 위협을 가할 순 없을 겁니다.
단, 전쟁은 속전속결로 이뤄져야 합니다. 때문에 모두 지근거리에서 대비하다가 우리가 협상을 마치고 나올 때 일거에 밀고 들어가서 접수합니다.

진래는 인천을 지키도록.
예, 이사님.

라인을 우리 손에 넣으면
우리 형편도 제법 괜찮아지겠군요.
라인 정도의 규모면
한 달 매출이 100억대까지 나올 겁니다.
그 정도의 자금이면 우리의 덩치를
순식간에 불릴 수 있습니다.
그리고 그 자금을 바탕으로 비로소
두현파에 맞설 수 있는 전력을
보강하게 될 겁니다.

드디어 서울 진출의
첫걸음인가?
라인을 접수한다고 해도 두현파와
곧바로 상대하는 건 불가능.
자연스럽게 하루다로 유인하면 되겠군.

대포집
그렇다면 이 사업은 두현파를 와해시키는 것이 목적이군요.
그렇습니다. 이 세상에서 조폭을 없애자는 것이지요.

두현파는 정, 재계 인사와
많이 얽혀 있는 걸로 알고 있는데
혹시 윗분 비리라도 알고
있는 거 아닌가요?
그래서 입을 막겠다?
…!
하하하. 그런 정치놀음 저희는 모릅니다.
어쨌든 조폭은 없어져야 하는 거니까요.
말씀은 맞군요.
예. 인천 쪽에는 따로 연락을 넣어두겠습니다.
미래의 큰 그림을 보고 검거를 미루어주십사 합니다.
마지막 순간 두현파 일제 검거의 타이틀은
채 검사님께 드리겠습니다

그런 건 관심없어요.
그리고…

뭐죠?

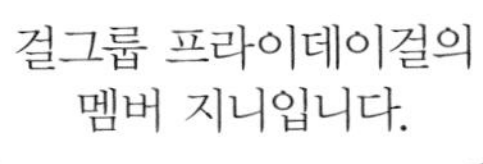
걸그룹 프라이데이걸의
멤버 지니입니다.

갑자기 어린애는 왜?

라인에서 마약을
거래하고 있습니다.
마약중독자이죠.
…!

어떻습니까? 익명의 제보를 바탕으로
두 분이서 마약사범 한번 소탕해보는 것이.
우선은 이걸로 숨을 고르시죠.
…
허… 예쁜 아가씨가.

반장님 팀이 검사님 지휘 받아서
국내 마약사범 소탕. 괜찮지 않습니까?
마약도 중범죄인데요.
거래를 하자는 건가요?
사업이 무사히
끝날 수 있도록 도와달라는 거죠.
이 아가씨 파고들면 연예인
몇 명 걸려 들어갈 겁니다.
재벌 2세도 있고.
흠…

좋아요. 두현파를 몰아내겠다는
큰 그림에 동의하죠.
마약은 곧바로 검거 들어가죠.
내가 안 이상
속전속결입니다.
벌써요?
LInE

조용한데요?
영업할 여력이 없는 걸 거다.
어떻게 오셨습니까?
책임자를 뵈러 왔습니다. 왕리멍이라고 하던데요.
아… 왕 사장님은 금일부로 이곳을 떠나셨습니다.
뭐? 그게 무슨 소리입니까? 그럼 여기 책임자는 누구입니까?

뭐라고요? 벌써 수사대가 들이닥쳐서 왕리멍을 체포했다고요?
부아앙

예. 검사님. 이미 라인에서 마약 거래가 오간다는 신고가 들어갔다고 합니다.
대체 이게 무슨? 그럼 라인은 어떻게 된 거예요?

라인의 원래 주인은 서양그룹입니다. 왕리멍에게 세를 놓은 거죠. 서양그룹…
즉, 두현파가 영업권을 가져갔습니다.

두현파?

책임자는
서양그룹 회장
김인범이다.

하… 하종화.

난 임시로 회장의
대행을 맡는다. 질문 있나?

우린 라인을
먹으러 왔다.
둘이서?
대기 중이야.
신호만 보내면
몰려오지.
그럼 몰려와.
다 베어주마.

이곳은 본래 서양이 주인이다.
세입자가 마약 판매라는 범죄를 저질러
계약을 파기하고 새로운 세입자를
찾을 때까지 서양이 관리한다.

관심 있으면 계약서를 작성하면 된다.
매출의 20%만 상납한다면 간섭하지 않도록 하지.
보증금이 없으니 누구에게나
열려 있는 제안이다.

내가 누군지 모르는 건가?
벌써 치매가 올 나이는 아닌데?
난 적이야.

두현의 하늘 아래 모두 평등하다.
이것이 전임 회장의 뜻이고 지켜지고 있지.
과거의 적도 마찬가지야.

나를 조롱하는 건가?
사실 그대로를
이야기하는 것이다.
노숙자가 찾아와서
이곳을 운영하겠다고 해도
그냥 내어준다.

아무것도
묻지 않고 오직 신뢰한다.
하지만 신뢰를 어길 경우
단죄한다.

이것이 두현의 방식이다.

가자.

가요?
그럼?
보증금도 없이 20%만
내라는데 이런 기회가
어디 있습니까?

나 보고
굴복하라는 거야?
저 사람과 이사님
사이에 무슨 일이 있었는지는
모르겠지만 한 번 고개를 숙이고
실리를 취하는 게 나쁜 일은
아니지 않습니까?

헛소리.
두현에 상납하면서 힘을 모은다고?
굴복 속에서 모으는 힘은 모래와 같다.
금방 흩어지는 거야.
그럼 차라리 지금 쳐버리죠.

그럼 두현파와
전면전으로 번진다.
애초에 하종화란 상대가
쉬운 상대도 아니지만
전면전으로 번지면 우리가
이겨낼 수가 없어.

하종화는 제가
상대하겠습니다.
네가 왜?
그냥이요.
그래야 할 것 같아서.

생각을 해봐라. 지금
모든 것을 잃고 다시 처음부터
시작하고 싶은 사람이 누굴까?
…

저우량?
그래. 저우량과 하종화
둘이 싸우게 만들어야지.
둘은 제법 싸움이 될 테니까.
거기서 우린 어부지리를
얻을 방법을 찾는 거야.
이런 쪽
머리 회전은 타고났어.
이정우와의 수싸움에서
한 수 뒤졌지만 아직 안 끝났어.
이제부터야.

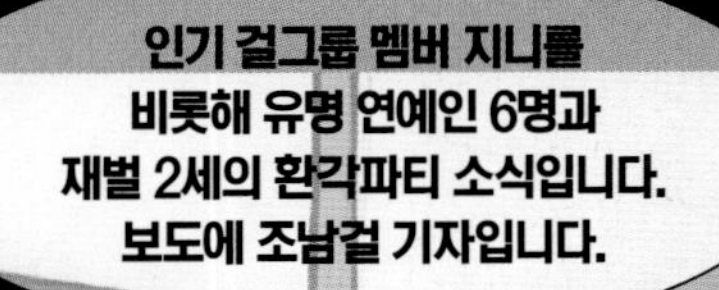
인기 걸그룹 멤버 지니를
비롯해 유명 연예인 6명과
재벌 2세의 환각파티 소식입니다.
보도에 조남걸 기자입니다.
써니엔터테인먼트

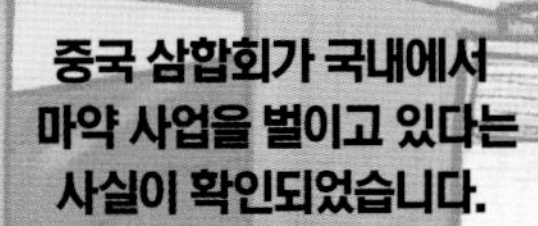
중국 삼합회가 국내에서
마약 사업을 벌이고 있다는
사실이 확인되었습니다.
경찰은 익명의 제보를 받아
마약이 거래되고 있다는 강남의
한 나이트클럽을 급습하여 책임자
왕리멍을 체포하였습니다.

야. 우리 회사
어떻게 되는 거냐?
하필이면 우리 회사
걸그룹이야.

야, 근데 그 소문 들었어?
우리 회사 야쿠자가
운영하는 거래.
무슨 말도 안 되는
소리야?

가와토미구미
서울지회장 하루다
음… 좋은 차로군.

가와토미구미
서울지회 부회장 히로
걱정되지 않으십니까?
라인이 무너졌다면 앓던 이가 빠진 것 아닌가? 왜 걱정해야 하지?
아직 적풍이 손을 뻗은 곳은 많이 남아 있습니다. 특히 미래앤호텔 카지노 지분이 상당하다고 들었습니다.
왕리멍은 뭘 하고 있지?
한국 경찰에 잡혀 있지요. 곧 중국 공안당국에 넘길 거라고 합니다.
중국으로 가면 사형이겠군.
아마도요.

목숨이 경각에 걸린
자와는 협상할 거리가 많지.
왕리멍을 만나보게. 그리고
평소의 내 뜻을 전하게.
지니는 어떻게 합니까?
프라이데이걸은
어떻게 할까요?
멤버 지니의 마약 거래
문제로 투자자들이
투자금을 회수하려는
움직임이 있습니다.
흠. 왜 걸그룹 이름이
프라이데이걸이지?
어차피 순환출자
투자지분이 가장 크지 않나?
당분간 프라이데이걸
활동은 중지시키지.

불금에 만나서
데이트하고 싶은 여자친구를
떠올린다는 의미로 그렇게 지은 걸로
알고 있습니다.

콘셉트는 귀여움이었죠.
마약중독자를 만나고 싶어 하는 남자가 있을까?
자숙 핑계 대고 1~2년 바닥에서 굴리면 급해질 거야. 그때 섹시화보나 찍고 방출시켜.

풀어준다는데
노려보는 건 뭐야?

얘기했잖아.
왕리멍 체포되고
라인은 서양이 가져갔어.
네가 필요 없어졌다고.
…
가. 너도 싸울 이유가
없어졌잖아.

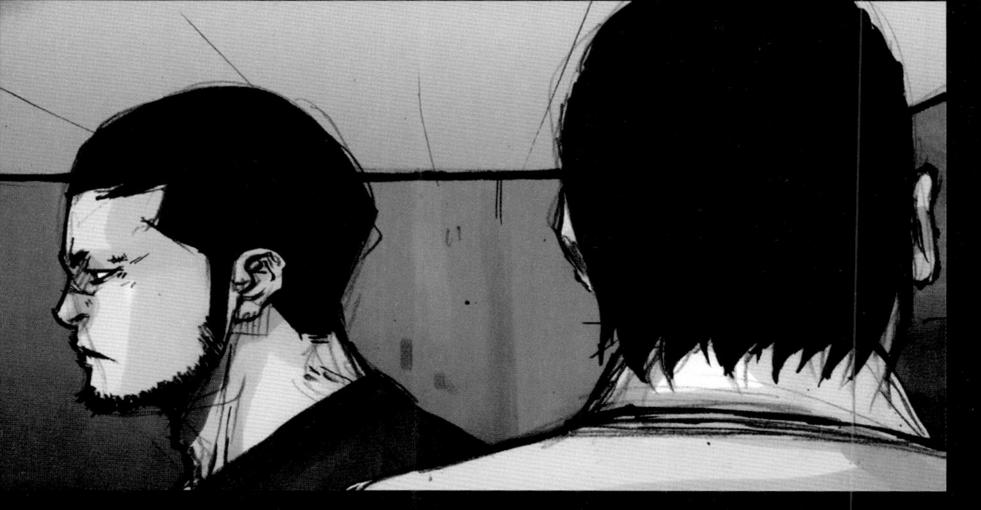

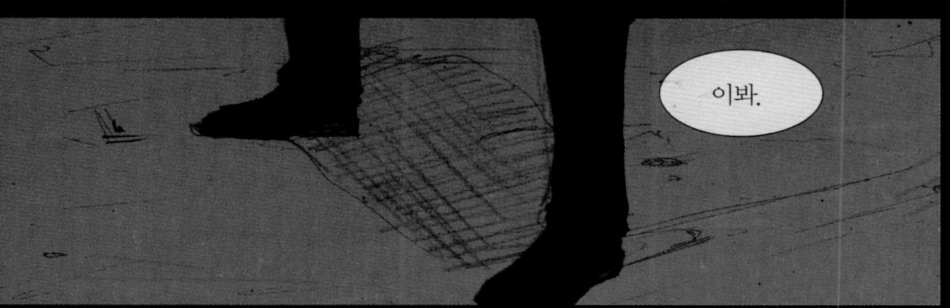
이봐.

왜?
서로 죽이려던 사이에
이런 말 하는 게 우습게
들릴 것 같은데
제의는 해야겠군.

뭘?
너희가 원하는 건
라인인가?
그런데?

라인을 주마.
거래를 하지 않겠나?

라인을 준다? 어떻게? 계약 위반으로 두현파가 쫓아낸 걸로 아는데?
넌 모르겠지만 라인은 단순한 나이트클럽이 아니야. 우리가 하루다를 치기 위한 교두보였어.
무슨 소리냐? 하루다는 또 뭐야?
야쿠자. 한국에선 써니엔터테인먼트 투자자인 척하고 있지.
그 외 사채, 유통, 쇼핑, 호텔 쪽에 상당한 지분을 가지고 있어.

흐음.
우린 하루다를 흔들기 위해 써니엔터테인먼트 걸그룹 멤버 지니를 마약중독자로 만들었어. 그게 하루다를 잡기 위한 우리의 첫 계획이었지.
여기서?
뉴스에서 본 것 같군. 좀 자세하게 이야기하지그래?
대접이라도 받고 싶어?

라면 한 그릇도 좋고.
그 정도는 해줄 수 있지?

원래 이런 성격이었어?
생각보다 넉살이 좋네.

상황이 바뀌었잖아.

어젯밤에 김민규가 찾아왔다고요?

예, 회장님.
곧바로 보고드렸는데
취침하셨다고 해서 메시지를
남겨놓았습니다.

김민규라… 김민규가
라인에 나타났다?

라인을 먹으려 한다?
긴급 이사회 소집할 테니
형님은 라인에서 돌아오십시오.
그 와중에 공격받는다면
곤란할 텐데요.
괜찮습니다.
형님도 아시지 않습니까?
라인은 두현파가 바다에 내려놓은
미끼일 뿐이란 거.
알겠습니다.
복귀하겠습니다.

먹으면서 얘기하지.

그러니까 라인은 적풍회와 하루다의 가와토미구미 서울지회가 부딪치는 지점에 세워놓은 적풍의 교두보 역할을 하고 있다는 것이고,

그 말은 하루다와 너희가 경쟁 관계에 있다? 그 소리야?
라인이 무너지면 하루다가 그 자리를 탐낼 거야.
하루다는 두현파와 어떤 관계지?
우리랑 비슷할 거다.

두현파는 서양그룹을 내세워 계약을 하는데 가와토미구미와는 투자지분으로 얽혀 있다. 상납금을 내는 것보다는 조금 더 세련된 방식이지.

라인을 얻는 게 두현파에게 세를 얻는 방법밖에 없는 거야?
황해면
그 방법밖에 없다면 내가 제안을 하지 않지.

하루다는 투자를 받아
한국에서 사업을 운영한다.
비즈니스를 하는 셈이지.
때문에 투자를 받기 위해 채권이나
주식을 발행하기도 해.
그런데?

내 이름으로 써니엔터테인먼트의
지분을 15% 가지고 있다.

2년 전 하루다가
한류 아이돌 그룹을 만들어
일본으로 역수입하려고
엔터테인먼트 몸집을 불릴 때
애들을 동원해 지분을 확보하고
내가 그걸 다시 사는
방법으로 만든 거지.

네가 최대 지분을
가진 건 아니겠지?
물론. 하루다의
지분이 22%로 가장 높아.
하루다 지분을 포함하여
그 회사는 각종 순환출자가
57%야. 하지만…
10%만 더 확보하면
내가 최대 지분이 된다.
25%의 지분을 만들어서
너에게 주마.
엔터테인먼트 회사를 확보하면
라인을 우리가 얻는다는 결론은
어떻게 나오는 거야?
써니가 하루다의
모든 비즈니스의 중심이 되는 지주회사야.
써니를 통해 돈세탁이 이루어져.

엔터테인먼트 회사면 가장 밝은 이미지.
한류 투자와 수익 배분을 핑계로 일본 엔화와
한국 원화의 자금 이동이 비교적 용이하다.
가능성 있는 이야기다.
지금 하루다는 투자자들
지분을 모두 회수하고 싶어 해.
25%짜리 지분을 가진 자가
나타나면 꽤 귀찮을 거다.
아무에게도 본심을
털어놓지 않는 인물이라 겉으로는
무슨 말을 하고 다닐지 모르지만
분명 지금이 기회라고
생각할 거야.
기회?
지니 사건이 터졌으니
투자자들이 발을 빼려고 할 게 아닌가?
당연히 주식이나 채권 가격은
떨어지는 거야.
그래도 우린 돈이 없다.

원래 우리의 계획이라고 했지?
이런 때를 대비해 준비해둔 현금이 있다.
하루다는 일본을 통해 엔화를 들여오는
방법을 쓰지만 우린 곧바로
현금거래를 할 수 있지.
흐음…
우리 계획은 써니 운영에
간섭하여 하루다의 돈세탁 줄을
끊는 것이었어.
하지만 넌 라인을 원하니
그 지분으로 거래해라.
써니 25%의 지분과 라인의 운영권.

우회하게 되면 난 하루다와 거래하는 것이니
두현에 복종하는 게 아니다. 라인을 먹고 나서
상납은 할 생각이 없다. 그럼 두현이 움직이는 시기는
최소 한 달 후일 테고. 그때까지 전력을 정비한다.
나쁘지 않군. 계산 끝.
무슨 생각을
하는 거냐? 김민규…
돈은 어디 있어?

미래앤호텔 카지노.
카지노? 거기에 맡겨놨어? 우린 못 들어가는데?
너희는 한국인이니까. 하지만 난 중국인이지.
너의 조건은?
나의 안전. 우선 경찰에 신고하지 말 것. 너희가 라인을 얻고 나면 나의 안전한 귀국 방법에 대해 설명해주지. 그때 거절하지 마라.
좋다.
…

이상과 같습니다.
생각지도 못한 일이군. 드디어 잠입수사의 성과가 나오는 건가. 수고했네.
예. 저우량이 움직일 수 있도록 경찰의 수사 압박을 늦춰야 합니다.
그건 걱정 말게. 왕리멍이 혼자 다 뒤집어쓰는 분위기야. 저우량에게 수사망이 미치지는 않고 있어.
이제 어떻게 합니까?
모든 게 자연스럽게 흘러가고 있지 않나? 하루다를 끌어내게 되었으니 말이야. 내가 꿈꾸던 세상이 눈앞에 온 것 같아.
꿈꾸던 세상이라면?
조폭들을 모두 집어넣는 세상 말이야.

자네가
김민규나 동해 잔당들에게
수갑을 채울 날도 머지않았어.
어떤가? 곁에서 보고 있으니
정말 인간 말종들 아니던가?
…
그런 것 같습니다.
끊겠습니다.
삑

띠리리리
여보세요?
동생! 집에 갔어?
나 루나에 놀러 왔다. 이리 와.
같이 소주 한잔에 족발 먹자.
어…
그러시죠.

회장님 오십니다.

본론으로
바로 들어가죠.

김민규는 복역 중이어야
하는 걸로 아는데 벌써 나와
인천에서 터를 닦고 있다고 합니다.
그리고 서울 진출을
노리는 것 같습니다.
김민규 같은 거물이
움직여서 좋을 게 없습니다.
미리 밀고 들어가서
싹을 자르지요.
전임 회장 시절 만든 규약에 따라
우리가 먼저 움직여 짓밟는 건
하지 않기로 했을 텐데요?
김민규가 성장하는 걸
지켜볼 수는 없습니다.
그놈은 우리에겐
암 덩어리입니다.

흠… 그것보다
이런 방법은 어떻습니까?

오늘 이사회를
소집한 건 김민규에 대한 대책을
마련하고자 하는 것이 아니라
내 뜻을 전달하기
위해서입니다.

라인을 하루다에
주려 합니다.
라인은 모든 세력이
넘보는 거점.

라인을 가지고 있으면
단숨에 한 달에 100억대의 수익을
올리고 무장할 수 있습니다.
때문에 모두
탐내는 자리입니다.
거점은 하나.
그곳을 탐내는
세력은 둘.
반드시 충돌합니다.
서양은 태산같이
무거워야 합니다.
경거망동하여 먼저
움직여서는 안 됩니다.

라인은 하루다에게 주고 둘이 싸워서 둘 다 지치기를 기다린다는 말씀이시군요.

일종의 덫이로군요. 걸려들 수밖에 없겠습니다.

만약 김민규가 세력을 가지게 되면 곤란하게 될 텐데요. 오히려 한쪽이 세력을 키울 기회도 됩니다.

역사상 최고이자
현존 국내 최강의 존엄.
두현파의 이름으로
말입니다.

그땐… 서양이 아니라
두현의 이름으로 응징합니다.

MIREA &. HOTEL

잠시만 기다려.
금방 나올 테니까.
1시간?
30분.
로비 커피숍에서 기다리지.

VVIP룸
참 재미있어. 딜러가 없는 곳이
VVIP룸이라니. 그지?
뉴스는 들었을 테고.
우리 돌아가야지,
이제.

일주일 후

-써니 엔터테인먼트-

도호주 프로덕션 MOU체결식

마리. 하루다의 경호원

써니의 대표이사
윤해만이 급히 드릴 말씀이
있다고 합니다.

윤상!
축하드립니다,
사장님.
하하하. 축하는 뭐.
공식적으로는 윤상 회사 아니요?
축하는 윤상이 받아야지.
무슨 일이오?
누군가 써니의 지분을
사들이고 있습니다.
별일이군.
요즘 써니 평판이
안 좋을 텐데?
누구요?

김민규입니다.
김민규가 누구지?
3년 전까지 제가 모시던 양반입니다. 어디서 돈이 났는지 사람들을 동원해 광범위하게 지분을 사들이고 있습니다.
저우량의 지분까지 가져가 이미 20%를 넘었습니다.

20%?

왕리멍이 무너지니
저우량이 자기 지분을 팔았나 보군.
그래도 이건 갑자기 너무한데?
김민규가 누군지 자세히 말해봐요.
3년 전 무너졌던
동해파의 3인자.
하지만 주먹 서열 1위이며
사실상 2인자로 대우받던 자입니다.
동해파? 아… 그 찬이파와
서울을 두고 다투었다는?
그렇습니다.
과거의 영광을 쫓는 자가
다시 세력을 만든다? 흔한 이야기로군.
하필 내 영역과 부딪히는 건
기분이 나쁘지만 말이오.
김민규를 우습게
보아서는 안 됩니다.

그는 두뇌와 주먹을 모두 가진 데다 덕망이 높아 따르는 자들도 많습니다. 반드시 후환이 될 겁니다.
흠… 윤상이 그렇게까지 말한다면 나도 긴장해야겠군. 하하.

이건 농담이 아닙니다. 무슨 목적으로 써니 지분을 사들이는지 알아야 합니다.

써니는 윤상이 대외적으로는 대표이니 만나보시오. 난 한 발 빠져 있을 테니.

사장님.
오늘은 좋은 날 아니오? 좋은 얼굴로. 응?

2층 사무실 집기 다 치우더니
갑자기 나하고 대련을
하자는 건 뭡니까?

역사에서 배운다는 말이 있지.
불과 몇 년 전 이야기지만
흉내를 내볼까 하고.
무슨 말입니까?

현재 서양을 이끄는
조직은 두현파지만 본래는
찬이파의 것이었다.

몇 년 전 두현파가
찬이파를 습격하여
하룻밤 새 무너뜨린
사건이 있었다.
그런데요?

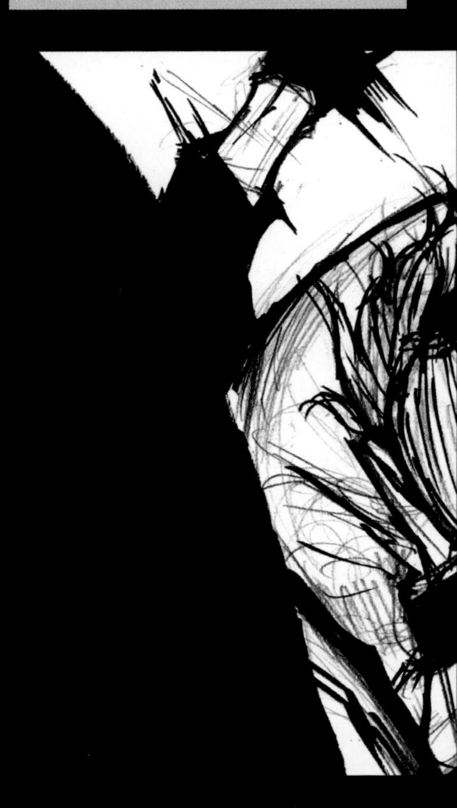
그때 선봉에 섰던 사람이
지금 두현파 명예회장 이정우.

이정우 혼자 찬이파 주먹 서열 1, 2, 3위인
장동욱, 맹수현, 김일수를 하룻밤 새
모두 넘겨버렸지.

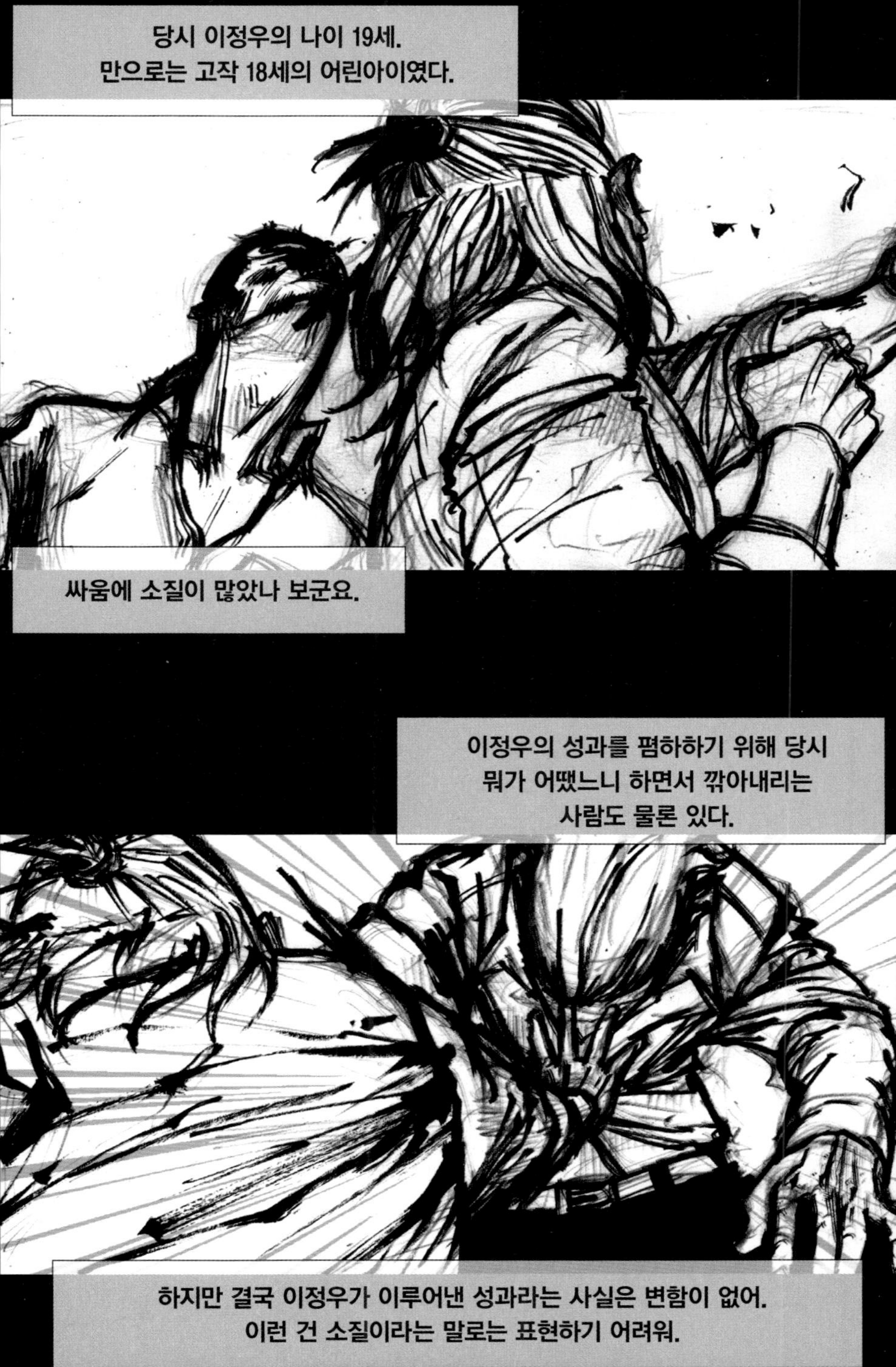
당시 이정우의 나이 19세.
만으로는 고작 18세의 어린아이였다.
싸움에 소질이 많았나 보군요.
이정우의 성과를 폄하하기 위해 당시
뭐가 어땠느니 하면서 깎아내리는
사람도 물론 있다.
하지만 결국 이정우가 이루어낸 성과라는 사실은 변함이 없어.
이런 건 소질이라는 말로는 표현하기 어려워.

이정우와 내가 싸우면
어떻게 됩니까?
1시간? 아니면 1초?
무슨 소리예요?
이정우가 널 갖고
놀고 싶으면 1시간.
빨리 끝내야 되겠다
싶으면 1초.

한 달간 하종화와 매일 열 판씩
300번의 대련을 했다.
그리고 그 대련을 통해
레벨이 달라졌고 실전을 거치면서
폭발해버린 케이스야.
알아들었습니다.
저하고 이사님하고 그걸
흉내 내보자는 거군요.
맞아.
제가 이정우만큼
성장할 수 있습니까?
이정우는 하종화라는
좋은 스승 덕에 남들보다
목적지에 빨리 간 것뿐이야.
너에게도 지름길을
달릴 기회가 온 거야.

스승이 나잖아.
뭐. 그럼 시작해보죠.

콰직
컥!
턱
좀 더 진지하게
상대해줬으면 좋겠어.
쿨럭! 쿨럭!

이 양반이…
진지하게
상대해드리겠습니다.

부웅
쿵
퍼억

이사님. 저러다 금 과장 다치겠습니다.
이런… 대련이 뭐 이래요?
이거 슬슬 열 받는데?
내 예상으로는 한 달 정도 후에 서양과 한바탕 있을 것이다. 그때까지 네 폼을 올려놓으려면 어쩔 수 없어.
이번엔 한 대 맞아주마. 들어와봐.
쉬익
날 갖고 노시겠다?

내가 그 정도는 아니지!
핑

확
이게 진짜입니다!
턱

맞아줬지?
...

콰직
넌 시선을 뺏는 순간 동작은 좋아. 원래 실력은 있다는 거지. 극한까지 몰리면 그땐 모든 걸 쏟아부으면서 전투 양상을 바꾸는 타입으로 보여.
하지만 60가량으로 싸우다 쥐어짜내서 120으로 싸우는 것보단 80 정도로 꾸준히 유지하며 싸우다가 일시적으로 100 정도를 넘나드는 게 더 좋거든.

저기… 밖에 누가 찾아왔어요.
윤해만이라면 알 거래요.
윤해만?
4권에서 계속

블러드 레인 3

초판 1쇄 발행 2017년 4월 10일
초판 3쇄 발행 2021년 1월 20일

지은이 민 · 백승훈
펴낸이 김문식 최민석
기획편집 이수민 박예나 김소정 윤예솔 박연희
마케팅 임승규
디자인 손현주 배현정
편집디자인 투유엔터테인먼트 (김철)
제작 제이오

펴낸곳 (주)해피북스투유
출판등록 2016년 12월 12일 제2016-000343호
주소 서울시 성북구 종암로 63, 4층 402호 (종암동)
전화 02)336-1203
팩스 02)336-1209

ISBN 979-11-960128-3-0 (04810)
979-11-960128-0-9 (세트)

이 도서의 국립중앙도서관 출판예정도서목록(CIP)은 서지정보유통지원시스템 홈페이지 (http://seoji.nl.go.kr)와 국가자료공동목록시스템(http://www.nl.go.kr/kolisnet)에서 이용하실 수 있습니다. (CIP제어번호 : CIP2017006613)